エリート社長の一途な求愛から逃れられません

プロローグ

じめっとした空気が肌にまとわりつく。

連日の雨で髪のまとまりは悪いし、気温は暑いのか寒いのかはっきりしない。

梅雨というのはこんなに湿気が多かっただろうか、と芹澤美琴《せりざわみこと》は久しぶりの日本の気候に少し辟《へき》易《えき》していた。

現在、美琴は東南アジアのリゾート企業に勤めている。

そこが今回、日本でフラッグシップホテルを新規開業することになったため、日本人である美琴は、当然のように準備スタッフとしての異動を打診された。

できれば日本に戻りたくなかった美琴は、最初こそやんわりと断った。

けれど、日本への初進出だからできるだけ日本人のスタッフにサポートしてほしい、開業して軌道に乗るまでの期間限定で構わない、給与面や待遇面でも優遇するからと熱心に請われたのだ。

最終的には、現地で散々お世話になった日本人上司が責任者になるということもあり、渋々引き受けた。

よって、美琴は大学卒業以来、六年ぶりに日本に帰国することになった。

新規に建設された高層ビルの上層階に開業したホテルは、美琴が勤めるリゾート企業が運営するホテルの中でも最上級ブランドとなる。

エキゾチックなアジア風の要素をふんだんにちりばめつつも、都会的で洗練された雰囲気に仕上がっている。

日本人よりも、日本に旅行に来る東南アジアの富裕層をメインターゲットとしているため、彼らが快適に過ごせるような配慮も怠《おこた》っていない。

美琴は窓の外に目を向けた。

快晴であれば、眼下に広がる都会のビル群が見下ろせるのに、今はどんよりとした雲が覆いかぶさり全体的に霞《かすみ》がかっている。

いかにも蒸し蒸しとした空気で、さらに憂鬱《ゆううつ》さが増した。

『ミコト！　マネージャーが呼んでいるよ』

『わかった』

日本進出にあたって派遣されたスタッフは日本語教育を受けたものの、スタッフ間では英語のほうがやりとりしやすい。ファーストネームで呼び合うのも現地に倣《なら》っているからだ。会話の練習にもなるので、できるだけ日本語で話すように指示されているがあまり浸透していない。

ホテルがオープンしてから三週間。

開業までの準備でてんやわんやして、オープニングパーティーをなんとか無事終えたが、何度もシミュレーションをして万全の体制を整えたつもりでも、最初は思いもよらない対応をさせられたり、小さなミスを連発したりと散々だった。今ようやく小休止といったところだ。

夏休みの繁忙期になる前には、ある程度落ち着いていればいいけれどと美琴は願う。

「お呼びでしょうか？」

統括マネージャーの部屋に着くと扉が開いていたので、美琴はそのまま声をかけた。

「ああ、美琴。ちょうどよかった」

日本進出の実質的な業務を担《にな》ったのは、統括マネージャーの加地貴之《かじたかゆき》だ。

現地スタッフと並んでも見劣りしない高身長に、切れ長の目。冷たさも感じる美貌は、一見近寄りがたい雰囲気だが、気さくな口調がそれをやわらげる。

二十八歳の美琴より十歳年上で、美琴がこの仕事に就くにあたりお世話になった人物でもある。

海外で働いていると、やはり同じ日本人というのは心強い存在だった。渋っていた日本行きを決めたのも、彼への恩返しの意味合いが強い。

貴之に心底ほっとした表情をされて、逆に美琴は不審に目を細めた。

「……またなにかトラブルですか？」

現地でいくらトップブランドを誇るリゾート企業でも、日本ではまだ知名度が低い。宿泊客もアジア系の旅行者がメインで、そういう客へは現地スタッフで充分対応できる。

だが、日本人宿泊客に関しては、日本語に不慣れなスタッフが対応すると、どうしてもトラブルになりやすかった。

「トラブルというわけではないが、ブライダル部門のスタッフがヘルプを求めている。予約外の日本人のお客様が見学を希望していてね。君に対応をお願いしたい」

「予約外ですか？」

ブライダルに関する広報活動はまだ積極的に行っていないし、海外からの宿泊客がメインなのに、いったいどこから情報を得たのだろう。

「上層部の知り合いらしい。レストランでの食事中にブライダルに関する話題が出たようで、会場を案内してほしいと頼まれた」

オープニングパーティーには、日本の政財界や芸能界の人たちが参加して、ちょっとしたニュースにもなった。おかげで宣伝にはなったが、こちらの準備がきちんと整わないうちに様々な要望が寄せられ、その対応に日々追われている。

「それって、今からですか？」

「そう、十五分後には案内開始だ」

「……わかりました」

美琴は今回、開業準備推進室のメンバーとして日本に来ている。

けれど蓋《ふた》を開けてみれば、準備に関するすべてのことに対応する、いわゆるなんでも屋みたいな立ち位置だった。

フロントからバックヤードまで、すべてに関わっており、もちろんブライダル部門についてもおおよそ把握している。

だから、なにかあればこうして貴之から仕事を回されるのだ。

とはいえ、彼は常に上司と部下と客との間に挟まれているから、美琴もなんとかフォローしたいと思っている。今は所属部署など関係なく、スタッフ全員で協力してやっていくしかないのだ。

「悪い。落ち着いたら食事でもご馳走する」

「いつになるかわからなそうですけど、楽しみに待つことにしますね」

冗談めかして言うと美琴はあえてにっこり笑って、その場をあとにした。


美琴が東南アジアのリゾート企業で働き始めたのは、大学卒業後しばらくしてのことだ。

美琴の大学卒業のタイミングで、母親の再婚相手である義理の父親がヨーロッパへと異動することになった。

当初、日本での就職先が決まっていた美琴は、一人で日本に残る予定だった。

けれどあることをきっかけに、急遽《きゅうきょ》就職先の内定を辞退し両親のもとへ行くことにしたのだ。

義父はヨーロッパで短期間仕事をするとすぐに転職し、その後東南アジアへと異動となった。よって美琴も両親とともに東南アジアに移り、以降ずっとそこで暮らしている。それから一度も今日まで、日本には帰国していなかった。

美琴は誰にも行き先を知らせずに、一切の連絡手段を断って日本を離れた。できれば日本には戻りたくなかったから。

美琴は自室に戻ると、倒れるようにベッドに体を投げ出した。

期間限定ということもあって、美琴はホテル内の長期滞在フロアの一角を借りて生活をしていた。

通勤時間のロスはないが、公私の区別がつきづらい。実際、他のスタッフは遠慮しながらも、なにかあれば休日でも美琴を呼び出すことが多い。

本社から派遣されたスタッフと日本で雇用したスタッフ間のトラブルや、お客様や業者とのやりとりなど、日本語が必要な場面が多いため、美琴も甘んじて受け止めていた。

今日も一日、なにをしたのかわからないほど多種多様な業務をこなしたところだ。

「うー、お風呂ためなきゃ……このまま寝てはだめ」

ベッドの寝心地がいいため、ついついこのまま眠りにつきたくなる。

だが、そろそろ電話が来る時間だ。

予想通り、スマートフォンからいつものメロディが流れて美琴は慌てて体を起こした。

「ハイ、真《しん》！」

『ママ！』

美琴は笑顔を作って、画面の向こうの息子の名前を呼んだ。真の喜びも露《あら》わな表情に疲れが一気に吹き飛ぶ。

今は本当に便利になったと思う。

アプリを使った通話で、こうして簡単に顔を見ながら話ができる。東南アジアとの時差も数時間しかなく、この時間帯が息子と会える唯一の機会だった。

美琴が日本に来るのを渋った一番の理由は、五歳になる息子、真の存在だった。

美琴はシングルマザーだ。

幸い両親と同居しており、協力してもらいながら子育てをすることができた。

今回の日本行きも、悩んでいた美琴の背中を押してくれたのは両親だった。

義父は東南アジアで仕事をしているので、両親は日本に一緒に来ることはできない。日本に頼る人がいないので母子のみで戻るのも、現実的ではない。

それならば、期間限定で単身赴任してはどうかと両親に提案され、最初は反対していた息子にも『ママ頑張って。僕も頑張る』と言われて決断したのだ。

スマートフォンから、プレスクールのお友達や先生のこと、楽しかったイベントなど、真が勢いよく話す声が聞こえる。

真の日常会話の基本は英語だ。プレスクールでは英語と中国語を使っている。

美琴の両親とは英語で会話をしてしまうため、彼が日本語を話すのは美琴とだけだ。

離れて暮らすようになると、真はますます日本語を使わなくなってきた。美琴が日本語で話しかけても、真は英語で答えてくる。

トリリンガルで育つ子どものコミュニケーションの軸をどこに置くかは、各家庭それぞれだろうが、美琴にとっては現在進行形で悩ましい問題だ。

だが、母親と離れて暮らす現実を幼いなりに受け止めて頑張っている息子に、『ママとは日本語でおしゃべりしよう』なんて提案はできない。

美琴は、夏休みになったら近所のサマースクールに通うのが楽しみだとはしゃぐ息子をスマートフォン越しに見つめる。

さらさらの黒髪に、意志の強そうな眼差し。

我が息子ながら整った顔立ちをしていて将来が楽しみだ。それに少し見ない間にもどんどん変わっているようにも思う。

生まれた当初、真は美琴にそっくりだった。自分に似た子どもでほっとしたほどだ。

けれど、大きくなってくるにつれて、少しずつ真の父親に似てきた。顔立ちだけではなく、些細《ささい》な言動や小さな癖、無意識の仕草や大人びた考え方も。

早産で産まれたからか、小柄で五歳より小さく見えるけれど、成長すれば父親に似て大きくなるに違いない。

日本には真の存在を知らない――父親がいる。

それも美琴が日本に戻りたくなかった理由だ。

決して彼に、真の存在を知られるわけにはいかない。

『ママに早く会いたい。僕も日本に行きたいなぁ』

寂しげな口調で言われると、美琴も胸が締めつけられる。いっそ、今すぐ日本に会いにおいでと言ってしまいたい。でもそれは現実的ではない。

「いつか真が大きくなったら、ね。ママも真に会いたいよ」

美琴はしんみりした空気を払うように、笑顔を見せた。

こうして離れているのも今だけ――美琴はそう自分に言い聞かせた。

開業から一か月、テレビや雑誌での広報活動が功を奏し始めたのか、日本への観光ブームとあいまって海外のアジア系の顧客を中心に順調に予約枠が埋まっている。

日本人の宿泊客はまだ少ないけれど、サービス重視の日本人を相手にするには、急ぎすぎないほうがいいというのが上層部の考えだ。

日本流のサービスのレベルに行きつくには、まだスタッフの教育が足りない。

美琴は再びマネージャーである貴之に呼び出されていた。

今回はどんな無茶ぶりだろうと、最近はあきらめの境地だ。ソファに座るよう促《うなが》されて美琴は腰を下ろした。

「今日はいったいなんでしょう」

「美琴……最近、君の顔が険しいって評判だ」

「そうしているのは加地さんですけど」

貴之は分《ぶ》が悪いと思ったのか、こほんと咳払いをして真面目な顔つきになる。

「長期滞在者向けフロアで、長期契約を検討しているお客様がいる。契約条件は日本人の専属コンシェルジュがいること」

長期滞在者向けフロアは、主に日本に仕事に来た海外の人が、長期に利用するために設《もう》けられた場所だ。共有ラウンジには、ワークスペースやミーティングルームがあり、セルフの軽食サービスなどが利用できる。

もちろんそのフロア専属のコンシェルジュもおり、その中には日本人スタッフもいる。

「はあ」

長い付き合いのせいで、どうしても貴之への態度がフランクになる。

英語には敬語なんてないし、名前もファーストネームで呼び合っていたので、日本語で会話していると中途半端な態度になるのだ。

「君をご指名だ。ちなみに上顧客で、契約が不履行になった場合の損害も大きい。つまり、君に拒否権はない」

雇われの身として、指示された業務は全《まっと》うするしかない。海外セレブの予想もしない無茶ぶりはこれまでだって経験してきた。だから仕事だと言われれば拒否などしないが、なぜ美琴を指名するのかがよくわからなかった。

「私を個人的に指名するような方に心当たりがないんですけど」

美琴がこのホテルに勤務していることを知っている人など、身内と仕事関係者のみだ。友人の中に長期滞在が必要そうな人物も思い浮かばない。

美琴は首をかしげる。

「日本にいた時の知り合いじゃないのか？」

「日本にいた時の知り合いには、このホテルで働いていることは誰にも教えていませんよ」

美琴がそう答えると、貴之はなんとも言えない表情をした。

彼は美琴の事情をよく知っている。

真を産んでしばらくして、アルバイトをしていた先で貴之に出会った。そして日本語ができるスタッフを探していた貴之に誘われて、ホテルで働き始めたのだ。特別な資格などないのに、正社員として就職できたのも貴之のおかげだった。

「お客様の名前は、黒川優斗《くろかわゆうと》。アメリカで起業し成功している若き経営者だ」

想像もしなかった名前が貴之の口から出て、美琴は大きく目を見開いた。心臓がどくどくと音を立てて鳴り始める。

貴之が差し出した資料を、美琴はおそるおそるめくった。

アメリカで起業しているのなら彼のはずがない。同姓同名の別人の可能性だってある。

そう期待を込めて目を通せば、インターネットから拾い上げたらしい彼の写真に学生時代の面影があった。

美琴は思わず息を呑む。

「美琴？　やっぱり知り合いか？」

貴之の問いに、美琴はすぐには答えられなかった。

肯定も否定もできないまま、美琴の思考は一瞬で過去の記憶に染まる。

忘れたいのに、忘れられない。

大学時代の恋人で、真の実の父親。

（アメリカで起業——しかも、長期滞在フロアを契約できるほど成功しているんだ……）

彼とは気まずい別れ方をした。

美琴は逃げ出すように日本を離れて海外在住の両親のもとへ行き、そして妊娠に気づいた。

美琴は両親にさえ、真の父親が誰なのかは教えていない。

彼のことを忘れたかったから、別れたのち彼がどうしているかなど気にしないようにしてきた。

大学時代の彼の活躍を思えば、アメリカでの起業も成功も納得はいく。

けれど――

（どうして？　……私だって知っていて指名したの？）

「美琴、大丈夫か？」

はっとして顔を上げると、いつの間にか貴之が目の前にやってきて、心配そうに顔を覗き込んでいた。

美琴は戸惑うように視線を揺らす。迷いつつも、ここで貴之に隠しても意味はないと思い、正直に話すことにした。

「彼は……大学時代にお付き合いしていた人です」

美琴はなんとか冷静さを装《よそお》ってそう告げた。

貴之は呆気にとられたような表情のあと、考えるように目を眇《すが》めた。

勘のいい彼のことだ。すぐにこの台詞《せりふ》の意味に気づくだろう。

案の定、貴之はあからさまなため息をつく。

「……もしかしなくても、真の父親か？」

美琴は少しの間を空けて、小さく頷いた。

「真のことを相手は――」

「知らないと思います」

真は海外で産んだ。美琴が子どもを産んだことも、ましてや子どもの父親が自分だということも知るはずがない。

貴之は頭をがしがしとかいて呟《つぶや》く。

「ただ単に、見知った名前だったから指名しただけか……それともなんらかの意図でもあるのか」

意図などあるのだろうか。

別れて六年だ。

大学時代の恋愛など、所詮おままごとのようなもの。それに、六年という時間は過去を忘れるのに充分な長さだ。

美琴は、真の存在があるから優斗を忘れないだけで、過去の相手でしかない。

それは彼にとっても同様のはずだ。

アメリカで成功しているのなら女性には不自由していないだろうし、なによりも彼の心の中には揺るぎない存在がある。

そのことを思い出し、美琴は過去の記憶を振り払う。

「長期滞在契約してくれる上顧客ですし、仕事ですからきちんとこなします」

元恋人が会いに来たぐらいで動揺するなんてみっともない。

それではまるで、彼に対して未練があるみたいではないか。

この指名に意図があろうとなかろうと、いちホテルスタッフと顧客として対応すればいいだけのことだ。

美琴はそう気持ちを切り替える。

「……まあ君がそう言うなら。でも、困ったことになったらちゃんと言えよ」

「はい、ありがとうございます。頼りにしていますね」

はやる鼓動から意識をそらして、美琴はもう一度笑顔を作った。


美琴が妊娠に気づいたのは、東南アジアの国に渡ってしばらくしてからだ。

いきなりの海外生活に、慣れない気候。基本的な日常英会話は可能でも、発音が聞き取れなかったり、こちらの英語が通じなかったりするストレス。そのせいで体調を崩しているのだと思い込んでいた。

それに元々美琴は生理痛がきつくて、高校生の頃からピルを飲んでいたため、妊娠の可能性に思い及ばなかった。

そんな時、ふと大学四年生の後半にピルを飲めなかった時期があったことを思い出した。薬を飲むと余計に体調が悪くなったので婦人科で相談したところ、一定期間飲まずに様子を見ることになったのだ。おそらくそれが油断に繋《つな》がった。

美琴は妊娠検査薬で陽性反応が出た時のことを、はっきりと覚えている。

——優斗の子どもだ、と思った。

そしてこの事実を伝えれば、もしかしたら優斗ともう一度やり直せるかもしれないと。

すぐにそう思った自分を、美琴は嘲笑《あざわら》いたくなった。

自分から別れを切り出したくせに、もう付き合えないのだと限界だと感じて逃げ出したくせに、本音では彼とやり直したかったのかと。

そう気づいたら、この妊娠は優斗を繋《つな》ぎとめるために、無意識に美琴が望んだ結果なのかもしれないと思った。

心の奥底の浅ましい本音を象徴しているかのように思えた。

優斗は美琴がピルを飲んでいることを知っていたが、それでも避妊はしていた。交際していた二年の間、避妊をしなかったのは、美琴が望んで直接繋《つな》がった数回のみ。

別れる直前の美琴はとにかく精神的に不安定で、優斗の気持ちを確かめるために、戸惑う彼にねだったことも思い出す。

美琴にとっての妊娠は、愛する人との間に望んだ末のものではなく、男の愛にすがった身勝手な欲望の結果だったのだ。

大学を卒業したばかりの娘が、別れた相手との子どもを妊娠している——それを知った母親は嘆いたけれど、義父は中華系出身のアメリカ育ちで、おおらかな考え方をしていた。

だから、別れたとはいえその時少しでも愛していた相手との子どもなら、その命を大切にしてほしいと、子どもは大事な授かりものだから一緒に育てればいいと言ってくれたのだ。

美琴の思惑はどうであれ、すでにお腹の中では命が育《はぐく》まれている。

お腹が大きくなるにつれ、美琴はその存在を愛しく思えたし、無事に産まれてほしいと願った。

真に父親がいないことは申し訳ないと思う。

でも真を、優斗を繋《つな》ぎとめる手段にしなくてよかったとも思う。

彼とはすでに道を違《たが》えており、それを選んだのは美琴自身。

だから、美琴はできるだけ心を落ち着かせて、優斗との再会に臨むことにした。


美琴が専属コンシェルジュの担当を受け入れるとすぐに、優斗は長期滞在の契約を結んだらしい。

美琴は仕事上の必要に迫られて、今まで意識的に避けていた優斗の情報に目を通すことにした。

彼は大学卒業後に就職したものの、一年後にはアメリカの大学院に進学していた。そして在学中に仲間とともに起業し、いくつかの会社を売買しながら大きくしていったようだ。

活動の拠点はアメリカで、日本では主に承継のためのマッチング事業を展開していた。

日本は中小企業が多く、少子化により後継者のいない会社が増えている。後世に残すべき伝統や技術やノウハウも、廃業してしまえばこれまで培《つちか》ってきたものはゼロになる。

後継者のいない経営者と、技術を継ぎたいと願う人材をマッチングさせるアプリを開発し、承継サポートをはじめ融資先の選定や、承継後の事業計画案の策定などをトータルでサポートしている。

海外ではそれらを軸に、幅広い業種と提携しているらしい。

大学在学中から優斗はいろんな活動をしていて、リーダーシップの素質が充分に備わっていた。

だから事業内容を知った美琴は、彼らしい選択だと思った。

誰かに雇われるよりも、トップに立って皆を率《ひき》いていくほうが彼には向いている。

インターネットで検索すればもっとたくさんの記事も画像も出てきそうな経歴だったけれど、美琴はそれ以上検索するのはやめた。

ＳＮＳ系の情報はあまり見たくない。情報量は膨大でも、嘘と真実が交錯し正しいかどうか判断するのが困難だからだ。今の美琴は、優斗に関する情報の正誤を見抜ける気がしなかった。

気持ちを切り替えて、美琴は事前に提出された要望にそって整えた部屋をチェックすることにした。

優斗の契約した部屋は、リビングルームとキッチンに、書斎と寝室の個室が備わった少し広めのタイプだ。

華美ではなくシンプルに、優斗の部屋の好みを思い出しながら確認していると、とっくに忘れていたはずの過去があっという間に蘇《よみがえ》ってきた。

リネン類は白で、カーテンは遮光性のもの。でも白や黒などコントラストのはっきりしたものではなく、グレーやベージュなど淡いトーンのものがいい。アクセントになる色はクッションなどの小物で取り入れる。

食器類は洋食器を中心に、ホテルのコンセプトを少しだけ織り交ぜて、アジアンテイストのものも入れた。昔お気に入りだったコーヒーメーカーも、コーヒー豆と一緒に準備する。インターネット環境も万全だ。

今日は、優斗がこのホテルにやってくる日だ。この部屋までは、貴之が優斗を案内する。そして美琴と引き合わせるのだ。

貴之は美琴と優斗の再会を心配したのか、その場に同席するために案内役を引き受けてくれた。

(大丈夫。六年経った。気持ちだってとっくにない。昔の知り合いと再会するだけ)

本当は、「自分たちは果たして恋人だったのだろうか」と別れてからふと考えることがあった。

彼の最優先は美琴ではなかったし、所詮たった二年程度の付き合いだ。

それに交際は秘密にしていたから、美琴の友人でさえ二人の関係は知らない。

切ろうと思えばいつでも切れる、都合のいい相手だったのではないかと。

必要な間だけ、彼はその気にさせる言動を惜しまない。

――だから、愛されていると勘違いし続けた。

「こちらが黒川様のお部屋になります。そして彼女が専属コンシェルジュの芹澤美琴です」

部屋に二人が入ってくる。貴之の紹介を受けて、美琴はまず頭を下げた。

「芹澤美琴と申します。よろしくお願いいたします」

「――久しぶり、美琴」

優斗の声に、美琴はぴくりと体を震わせた。

変わらない、穏やかで優しい、少し低めの声。

声なんか今まで思い出せなかったのに、今はっきりそれの主《ぬし》が優斗だということを思い知る。

覚悟を決めて顔を上げると、スーツ姿の大人の男性が目の前にいた。

漆黒のストレートの髪。昔はさらりと流れていた前髪は、今はすっきりわけられて綺麗な形の額《ひたい》が見える。元々大人びた顔つきだったけれど、さらに彫りが深く精悍《せいかん》になったようだ。

大学の時も目立つ存在でよく周囲に騒がれていた。きっと今はもっとだろう。

これまでの経験に裏打ちされた自信のある佇《たたず》まい、会社を率《ひき》いるリーダー性、漂《ただよ》うほのかな色香。

なによりも、見透かすような綺麗な漆黒の目は息子の真を思い出させる。

「お久しぶりです」

声が震えないように、美琴は慎重に言葉を紡いだ。

互いの視線が絡み合う。

過去が一気に押し寄せてくる。

六年も経てば、そして二十代も後半になれば、学生時代の恋愛など過去のこととして割り切れると思っていた。

でも違う。

様々な感情があふれ出して、美琴はまるで自分が大学生の頃に戻ったかのように思えた。

第一章　二人のはじまり……そして終わり

美琴が優斗と出会ったのは大学二年生の夏だ。

美琴は中学生の時から、自宅近くにある児童養護施設『ひまわり園』で定期的にボランティア活動をしていた。

小学生の頃、母子家庭だった美琴は一か月ほどその施設にお世話になったことがある。母親が事故で入院して、誰も美琴の面倒を見られなかったためだ。

その時、初めてこんな世界があるのだと知った。

様々な事情で施設にいる子どもたちは、いつもどこか不安定だった。

職員は親身になって支援してくれたけれど、それでも家族としての関わり方とは少し違う。

母の退院の後仕事に復帰するまでの間、お世話になった恩返しに母子で施設の手伝いに来ていたのだ。

美琴も母と一緒に通ううちに少しずつ馴染み、小さな子どもたちの遊び相手をしたり、勉強を教えたりしながら関係は続いた。

その日は夏休みが始まったばかりの週末で、夏祭りが開催されることになっており、イベントの手伝いのために様々なボランティアの人たちが出入りしていた。

施設は長年、地域との交流を積極的に行ってきたので、近所に住む人や専門学校のボランティアサークルの人たちも定期的に訪れるようになっていたのだ。

毎年、手伝いに来ている美琴にとっては慣れたもので、新たな顔ぶれに変わった専門学校の学生にも指示を出す。準備の間、子どもたちの遊び相手をするのも大事な仕事のひとつだ。

不意に、「うわーっ」という子どもたちの歓声が、隣接する児童公園内のバスケットコートから響いた。フェンス越しに見れば、子どもたちと学生がバスケをして遊んでいる。

「すごい、上手」

「あんなイケメン、うちのサークルにいた？」

「うちの学校じゃないでしょう？　あんな人いたら噂になっているもの」

ボランティアの女子学生たちが、作業の手を止めておしゃべりをしている。

彼女たちが噂している対象が誰かは、美琴にもすぐにわかった。

その人物は、華麗にダンクシュートを決めると、子どもたちとハイタッチしている。

そして子どもたちにねだられて、スリーポイントシュートの位置でボールを構えると、彼はためらうことなくジャンプした。

まっすぐな背筋、綺麗に伸びた腕、伸びやかに跳ぶその姿に、美琴は一瞬にして魅入った。

そしてリングに触れることなく、輪っかをくぐり抜けたボールはすとんとコートに落ちる。

「すげー、兄ちゃん！」

「お兄ちゃん、かっこいい!!」

子どもたちに囲まれる彼はまさしくヒーローだった。様子を見ていた女子学生たちも、はしゃいだ声を上げて拍手する。

彼の周囲はキラキラと輝いていて、まるでそこにだけスポットライトが当たっているようだ。

「さあ、少し休憩だ。しっかり水分補給して。熱中症にならないようにね」

興奮冷めやらぬ子どもたちを、彼は穏やかな口調で落ち着かせた。いつも、初対面の人には反抗的な態度を取る男の子もすんなり従う。

(ああいう人がいるんだ)

そこに存在するだけで、場の中心になれる人。

彼の一挙手一投足が、語りかける口調と声が、容易に人の目を惹きつける。

「美琴ちゃん、そろそろ浴衣の準備をしましょうか?」

飾りつけの目途がたったところで、施設の職員に声をかけられた。

「はい」

美琴は、目蓋《まぶた》の裏に焼きついて離れない残像を振り払いながら、次の作業に移った。

美琴は職員と一緒にサイズを合わせながら、次々に子どもたちに浴衣を着せていった。浴衣は企業や個人から寄付されたもので、毎回サイズが合わなかったり、柄が気に入らなかったりとちょっとした騒ぎになる。

それでも浴衣を着るだけで、非日常のわくわく感を味わえる。子どもたちは、はしゃいだように夏祭りの会場となる施設内の小さなグラウンドに駆けていった。

美琴は最後に一歳になったばかりの女の子の着付けを手伝う。

「美琴ちゃん、後をお願いしていい？」

「大丈夫です。片付けておきますね」

「ありがとう」

美琴は、残った浴衣を綺麗に畳んだ。

ボランティアサークルの学生たちは、今頃子どもたちのために、焼きそばやフランクフルトや綿菓子などを作っているだろう。

「ごめん……浴衣の着付けをしているのはここ？」

突然、低いけれど透明感のある声が部屋に響く。

「あ、はい」

美琴が振り返ると、子どもたちと一緒にバスケをしていた男性が扉のところに立っていた。

遠目からでもイケメンなんだろうとは思っていたけれど、間近で見ると顔立ちが整っていることがよくわかる。

少し長めの黒髪に、整った目鼻立ち。背も高いし、手足が長くてスタイルもいい。どこかのモデルだと言われてもしっくりくる容姿だ。

「ほら、おいで。お姉ちゃんに綺麗にしてもらおう」

見れば、ぐずっと泣いている女の子が、彼に促《うなが》されて部屋に入ってきた。

「美琴ちゃーん」

「優芽《ゆめ》ちゃん、どうしたの？」

中学生になったばかりの優芽が、いつも元気な彼女らしくなく泣いている。

急に背が伸びて、優芽には大人サイズの浴衣しか合うものがなかった。柄は気に入ってくれたけれど、おはしょりで丈を調整しなければならず、動いているうちに腰ひもが緩《ゆる》んだのだろう。帯もほどけかかって、優芽の浴衣の襟元も裾も乱れている。

「浴衣、ぐちゃぐちゃになっちゃった」

「大丈夫よ。すぐに直してあげる」

「ほら、大丈夫だって言っただろう？」

「うん、お兄ちゃんありがとう」

美琴は優芽を簡易衝立《ついたて》の奥へ連れて行くと、着付けをし直した。ついでに乱れた髪も結び直す。ちょうど優芽に似合いそうな髪飾りがあったので、それを飾ってあげた。

「はい。優芽ちゃん、かわいくなったよ。楽しんでおいで」

「うん！　ありがとう、美琴ちゃん」

優芽は笑顔を取り戻し、元気にお礼を言う。

「ありがとう。助かった」

「こちらこそ、連れてきてくれてありがとうございます」

泣き出した優芽を、彼が慰めながら連れてきたのだろう。

その時、優芽の仲のいいお友達が迎えに来た。てっきり優芽と一緒に部屋を出ていくと思っていたのだが、彼は部屋に留《とど》まっている。

二人きりになって美琴は少し緊張する。同世代の男性な上にここまでイケメンだと、喜ぶよりも先に戸惑いが来る。

「君も、ボランティアサークルの人？」

「いいえ、昔から手伝いでここへ来ています」

美琴は、優芽が来るまでやっていた片付けの続きをさりげなく始めた。なんとなく彼に見られている気がして落ち着かない。

やがてグラウンドからドンッと太鼓の音が響いて、お祭りの始まりを知らせた。

「始まったみたいです。行かれてはどうですか？」

「ああ。君は？」

「私はここを片付けたら会場に向かいます」

「そう。じゃあお先に」

美琴は軽く会釈《えしゃく》した。最後まで彼と視線を合わせることはできなかった。

その夏祭りの日以来、彼――黒川優斗は個人のボランティアとして施設を訪問するようになった。彼がどれぐらいの頻度で訪れているのかはわからなかったが、たまに美琴が来ている日と重なることがある。

「優斗くん、洗面所の電球の交換お願いしてもいい？」

「えー、優兄ちゃんは俺たちと遊んでいるのにー」

「少しだけ、少しだけ待って」

職員に頼まれた優斗は、遊んでとせがむ子どもたちを宥《なだ》めて電球の交換をする。背の高い彼は難なくそれらの雑務をこなした。

いつの間にか、前からいるみたいに施設の子どもたちとすっかり打ち解けている。

女の子たちは素敵な王子様でも見るかのようだし、男の子はなんでも軽くこなしてしまう彼を、憧れのお兄さんとして尊敬しているようだ。

その日の美琴は、今度高校受験する中学三年生の花音《かのん》の勉強を教えていた。塾に通う金銭的な余裕がないため、こうして受験期の子どもたちの勉強をサポートすることもある。教材は、美琴が過去使っていた参考書や問題集をはじめ、大学の友人たちから提供されたものを活用していた。

「美琴ちゃんって、大学に行っているんだよね？　どこだっけ？」

「A大だよ」

「A大……聞いたことある。偏差値が高い大学だよね、すごいなあ」

「奨学金もあるから、勉強頑張れば花音ちゃんも行けるよ」

「でも、奨学金って返さないといけないんでしょう？」

「返済不要の給付型の奨学金もあるよ。今度一緒に調べよう。その代わり高校の勉強も頑張る必要があるし、そのためにも希望の高校に受からないとね」

「そっか……勉強頑張れば未来はあるんだ。うん、頑張る」

最近の花音は、必死に勉強することに意味があるのか少し悩んでいるようだったので、ちょっとでもやる気になればと思う。

実際、美琴が大学進学できたのは、母の再婚相手のおかげでもあるが、そこはあえて言わない。

現実的に、施設出身者の大学進学率はあまり高くない。たとえ学費を奨学金で賄《まかな》えても、十八歳で施設を出なければならない彼らにとって、自立するための生活費用をどうするかはいつも課題になっていた。花音のように成績優秀であっても、現実は容易《たやす》くはない。

「芹澤さんもA大だったのか……」

驚いたような優斗の呟《つぶや》きが耳に入った。彼はちょうど脚立《きゃたつ》を片付けにきたようだった。

「もしかして優斗くんもA大？　えー学年も一緒だったりして」

美琴より先に、花音が興奮したように返す。

優斗とはこうして時折顔を合わせるようになったものの、だからといって名前以外のプライベートなことを語り合ったりはしない。

「美琴ちゃん、優斗くんと大学で会ったことなかったの？　優斗くんなら大学でも騒がれてそうだけど」

「キャンパスは広いし、人数も多いし、学部が違えばなおさら知らないよ。私は噂にも疎《うと》いし」

「俺も、騒がれるようなことはしてない」

優斗が花音ににこやかに答えると、そのまま大学生活の話題で会話が弾む。

結局、花音にあれこれ質問されるうちに、同学年であることや互いの学部がどこかまで知る羽目になった。

（同じ大学か……）

偶然、ボランティアで知り合った素敵な男の子が同じ大学だった。

女の子ならちょっとくすぐったくなるシチュエーション。まさか美琴にもそんなことが起こるとは。

これをきっかけに、美琴は優斗と少しずつ話ができるようになった。

今まで会わなかったくせに、同じ大学だと知ってから、なぜか構内で彼を見かけるようになった。

施設でも常に子どもたちに慕われている彼は、大学内でも華やかな友人たちに囲まれていた。

人の輪の中心にいて、どこにいても目立つ。少し意識を向けるだけで、噂に疎《うと》い美琴の耳にも彼の情報が聞こえてくる。

両親を亡くして親戚の家に引き取られていること。

途中から編入したものの、小学校からの内部進学者であること。

高校生の途中から留学して、海外のインターナショナルスクールに通っていたこと。

大学入学後も一年間の交換留学を経験し、今年の夏に帰ってきたばかりだったこと。

特定の彼女がいるかどうかは不明だが、常に彼の周囲には女の子がいること。

施設でボランティアをする姿を知らなければ、美琴はきっと優斗を自分とは違う世界の人間だと感じて、関わることはなかっただろう。遠目で見かけるだけで、それ以上の関心も抱かなかったはずだ。

実際、大学で目が合ってもお互い声をかけることはなかった。

それでも、施設で会えば普通に会話する。

そのうち施設の子どもたちに『芹澤さんって誰のことかと思った』と言われて、優斗はいつしか『美琴ちゃん』と名前で呼ぶようになった。

美琴も、仕方なく子どもたちの前では『優斗くん』と呼ぶ。

帰りの時間が合えば、駅まで一緒に歩くこともあった。

大学での彼とボランティアで会う彼は、美琴にとっては別人みたいだった。

大学内では決して近づけないと思うのに、子どもたちを通して関わると親しみが持てる。

共通の話題が増えるほど、価値観が似ていることにも気づく。

まるで画面越しのアイドルのプライベートな姿を、自分だけが知っているような気になってくるのだ。

美琴が彼に惹かれていると気づくのに、そう時間はかからなかった。

バスケットコートでシュートをする彼の、背筋がすっと伸びた綺麗なフォームを見た時から。

ボールがコートに落ちた音が響いた瞬間から。

多分、美琴も恋に落ちた。

でも、だからといって何か行動を起こそうとは思わなかった。同じボランティア仲間として接することができるだけで満足だった。

ほんのわずかな接点と時間を、細々と繋《つな》げていくだけでよかったのに――

いつしか連絡先を交換するようになって。

お互い施設に行く日を合わせるようになって。

駅までの帰りに寄り道するようになって。

大学二年の終わりには、二人きりだと『美琴』『優斗』と呼び合うようになった。


大学では学部が違うため、優斗と会うことはほとんどない。

けれど優斗は大学内でも様々な活動に参加していて、同じ活動メンバーの中には当然女の子もいる。積極的で自信があって華やかな女の子が多く、男女問わず、彼らのことはよく話題にのぼっていた。

千本木舞衣《せんぼんぎまい》の名前も。

彼女は、派手な女の子たちの間では煙《けむ》たがられ、おとなしめの女の子たちの間では羨《うらや》ましがられていた。その理由に共通するのは、『あの子だけが特別』という言葉。

「他大学に彼氏いるんだよね？」

「そう聞いたよー。黒川くんの親友で、国立大の医学部に行っているんだって。内部の子たちが、小学校の時から仲がいいって言っていた」

「幼馴染《おさななじみ》最強ってことね」

友人からの情報によると、優斗が男友達に囲まれていると、紅一点でいつも彼女も一緒にいるらしい。

小学校から仲のいいメンバーだから大事にされている——それが優斗に近づきたい女の子たちの反感を買っているのだ。

そんな風に情報は入ってくるけれど、実際に彼女の姿を見る機会はなかった。

ただわかったのは、優斗の恋人でもないのにこれだけ噂の的にされるのだから、彼が特別な女の子を作ったら、もっと激しい嫉妬を買うのだろうということだった。

だから優斗に告白された時、美琴は嬉しかったけれどどうしていいかわからなかった。

優斗はとにかく目立つ。

大学内ではすっかり有名だし、施設のボランティア学生からも大人気だ。

告白されている場面を何度も見たことがある。

一方、美琴は華やかなタイプではないし、活動的なわけでもない。

「どうして私なの？　優斗の周りには、素敵な女の子がいっぱいいるのに」

優斗は呆気にとられた後、苦笑した。

告白に質問で返ってくるとは思わなかったのだろう。

彼は、綺麗な目でまっすぐに美琴を見つめた。

「どんなに素敵な女の子が周りにいても、それは美琴じゃない。素敵だから惹かれるんじゃない。美琴だから好きになった。それでは答えにならない？」

美琴は、率直な優斗の言葉に照れつつ無意識に首を横に振った。どうして好きになったか、なんて美琴にだってわからない。

「私でいいの……？」

「美琴がいい。美琴は？」

——好き、なんて言葉、自分が誰かに告げるなんて想像したこともなかった。

恋なんてものは、特別な女の子にだけ訪れるものだと思っていた。

「……き。優斗が、好き」

恥ずかしさで泣きたくなる。

同時に言葉にすると、気持ちがどんどんあふれることも知った。

ああ、いつの間にかこんなに彼に惹かれていたのだと、好きだったのだと、『好き』ってこんな感情なのだと。

「美琴、キスしてもいい？」

「え？」

「あまりにかわいすぎて、キスしたくなった。嫌なら嫌って言って。それなら我慢する」

両思いになったばかりで、そんな行為をしていいのだろうか。

それとも気持ちが通じ合って、お互いが同意していれば自然なことなのだろうか。

誰とも付き合ったことのない美琴には、判断するのが難しい。

ふと顔を向ければ、優斗の綺麗な目に見たことのない熱がある。こんな男っぽい雰囲気をかもしだす彼なんて知らない。

「だめ?」

いつもしっかりしていて大人びている彼の甘えた口調に、誰が拒否できるのだろうか。

「だめじゃない。だめじゃないし、嫌じゃないけど——恥ずかしい」

「恥ずかしいなら慣れないと。美琴、本当に嫌じゃないなら目を閉じて。俺を受け入れて」

彼が放つ甘い言葉に瞬時に搦《から》めとられる。

美琴は素直に目を閉じた。

最初は軽く何かが唇に触れて、すぐに離れた。今度はそっと押し当てられて、それが彼の唇だと認識した。触れては離れることを繰り返しながら、少しずつくっつく時間が延びる。美琴の肩を掴《つか》む大きな手は、いつでも逃げられる程度の力しか入っていない。

「美琴、鼻で息をして。体の力を抜いて、俺にもたれて」

優斗にそう言われて、苦しいのはいつの間にか息を止めていたせいだと気づいた。鼻で息を吸い込んで全身の力を抜くと、美琴の体を支えるように抱きしめられる。

手を繋《つな》いだことさえない。隣を歩いてもこれほど近づいたことはない。

自分より大きな体、伝わる体温、仄《ほの》かな匂い。

そして啄《ついば》むように触れる唇。上唇と下唇を交互に挟んで、たまに湿ったものがなぞる。

「ゆ、うと。も……」

——限界。

そう伝えようと美琴が唇を開いた隙に、するりと入り込んだものがあった。もう逃がさないとばかりに、優斗の腕は美琴を強く抱きしめる。

――俺を受け入れて。

その言葉の意味を理解した。だから美琴は戸惑いながらも、優斗の舌を受け入れた。彼がゆっくり探る動きを邪魔しないように。

触れるだけのキスでもいっぱいいっぱいだったのに、一気に大人のキスにまで引き上げられて、美琴はなにも考えられなくなった。

優斗の舌が口の中にある。彼の唾液と自分の唾液が混じり合う。

必死に鼻で息をして、彼の舌が自分のそれと絡んだらおとなしく受け入れた。

飲食するだけの場所が、こんなにも官能的なものになるなんて。体中が沸騰したように熱くなって、どんどん力が抜けていく。

「美琴！」

崩れそうになった体を優斗が支えて、やっと唇が離れた。

目を開ければ、不安そうに揺らぐ眼差しがある。

「ごめん……強引にしすぎた。理性が飛ぶなんて思わなくて……」

優斗が泣きそうに見えて、美琴の胸も痛む。

「……だ、大丈夫よ、ちょっとびっくりしただけ」

「嫌じゃなかった？」

「うん、嫌じゃない。優斗にされて嫌なことはないよ」

「それは……」

そこまで言って、優斗はあっと大きく息を吐き出した。美琴は不思議に思いながらなんとか体勢を整える。唇が濡れて腫《は》れぼったい気がした。

両思いになった熱に浮かされて、夢を見ているようだった。


美琴にとっては初めての恋だ。

だから男の子と付き合うのがどういうことか、よくわからない。ただ、子どもたちに影響を与えないよう、施設では友達の距離を保とうと決めた。そして大学内でも、これまで通り知らない者同士でいようと優斗に提案された。

目立つ優斗は常に噂の中心にいる。美琴も周囲から好奇の視線を向けられるのは怖かったので、二人の関係を内緒にすることに異存はなかった。

元々大学で授業が重なることはないし、優斗はいろんな活動で忙しく動いている。

美琴も大学が終われば家庭教師のバイト、そうでない日は施設のボランティアに行く。ちょうど、受験の重なる子どもたちが数人いて、美琴は施設への訪問を週二回のペースにして平日の夕方に勉強を教えていた。

優斗は少しして、大学と施設の中間あたりで一人暮らしを始めた。

だから会いたい時は彼の部屋へ行けば、誰に知られることもなく二人でいられた。

そして部屋で二人きりでいれば、すぐにそういう雰囲気になる。

初めてのセックスまで、優斗は時間をかけてくれた。美琴は恥ずかしかったし、初めての行為が怖くもあったからだ。だけど、優斗はゆっくりと美琴の羞恥《しゅうち》や不安をやわらげていった。

キスで慣れさせて、最初は服の上から触るだけ。そのうち直接肌に触れるようになっても、裸にはしなかった。

美琴に触れて、これが気持ちのいい行為なのだと、恥ずかしがる必要はないのだと少しずつ教えてくれたのだ。

彼にキスをされると、下着が濡れることを知った。

そこにとても繊細な場所があって、優しく触れられると体に熱と痺《しび》れが生まれた。

最初は、下着を汚してしまうのがはしたなく思えて嫌だった。

けれど優斗は『美琴の体が俺を受け入れる準備をしているんだから、むしろ濡れたほうがいい』のだと教えて聞かせた。

ソファにもたれると、優斗は膝の間に美琴を抱き上げて背後から腕を回す。

舌を絡めるキスをして、互いの唾液を飲み合って、美琴の体から緊張が抜けるのを待つ。そして最初は下着の上から触って、少し湿らせてから脱がせるのだ。

「美琴、脚を開いて」

スカートで隠れるとはいえ、立てた膝を開くのは恥ずかしくてたまらなかった。けれどその恥ずかしささえ、いつしか快感に変化した。

優斗の綺麗な指が伸びて、スカートの陰に隠れる。すっかり濡れそぼったそこは、彼の指の動きを助けるかのように蜜を零し続ける。

「よかった、濡れている。濡れるのが早くなったし、量も増えた」

「い、わないで」

「なんで？　美琴が俺との行為に慣れてきた証拠だ。俺は嬉しいよ。美琴の体が俺を受け入れる準備ができ始めたってことだから。ほら」

表面に触れているだけなのに、粘着質な音が聞こえ始める。美琴自身も、彼の指の滑りのよさで濡れているのを自覚する。

軽い快感が背中をかけ上がるたびに、美琴は優斗の腕にすがりついた。優斗の指は強弱をつけて、美琴の敏感な場所を撫で続ける。

「ここも最初は小さくてわかりづらかったけど、今は膨らんでいる」

そこがそんな風になることも、彼に言われるまで知らなかった。

「いつか俺に美琴のココ、見せて。今は触るだけだけど、いつか見て味わって舐めつくしたい」

そう言って、その代わりのように美琴の耳たぶを舐める。彼らしくない卑猥《ひわい》な台詞《せりふ》さえも、いつしか美琴の体を燃え上がらせるスパイスになった。

優斗に導かれるままに、美琴は素直にのぼりつめる。

「あ……、ゆう、と」

「イきそう？　じゃあ、まずはここで一度イこう」

多少力を込められても痛みなど一切なかった。優斗はすっかり膨らんだ敏感な粒を小刻みにしごく。

美琴はなんとか声を殺して、優斗の腕の中で大きく震えた。

「かわいい、美琴。ああ、どっと零れてきた」

「あっ……ふっ、優斗、だめっ」

美琴が達した瞬間、優斗は美琴の中へと指を滑らせる。最初は指が入るだけで怖くて、痛みさえあったのに今はすんなり呑み込めるようになった。それは美琴がその場所での快楽を覚えた証拠でもある。

「指が一気に二本入るようになった……やわらかくて熱くて、気持ちいい」

互いの熱い吐息が漏れて、先ほどよりもいやらしい蜜の音が大きく響く。

優斗の穏やかな声音も、さらに低く甘く耳に届く。

「はっ、あっ、優斗、んんっ」

「美琴、かわいい声いっぱい出して。俺に聞かせて」

「あっ、あっ、だめ、あ……」

優斗の指はゆっくりと美琴の中を探る。そうして美琴の体が反応する場所を繰り返し撫で続けるのだ。こうなると、もう声が抑えられない。こんな卑猥《ひわい》な声が自分から出るなんて嫌だと思うのに、抗えない。

「美琴、少し激しくするよ」

「優斗、だめ、怖い」

彼の腕をどけようと力をこめても入らない。むしろ美琴の体の中心は、幾度《いくど》か経験した気持ち良さを貪欲に味わおうと蠢《うごめ》いている。優斗の指をきゅっと締めつけると、ますます痺《しび》れが走った。

「大丈夫。俺が抱きしめているから素直にイって。いやらしく啼《な》いて」

優斗の言葉に誘われるように、美琴は素直に喘いで達した。彼にしがみついて、知らない場所に飛ばされそうな感覚に耐える。

「ゆう、と」

見上げれば、優斗も目を閉じて眉間に皺《しわ》を寄せて熱い息を吐いていた。

「は……ごめん。このままじっとして」

「優斗……」

きっと本当は今すぐにでも挿入したいはずだ。美琴だって、何度となくそういう気持ちになった。今は羞恥《しゅうち》や恐怖よりも、未知の世界を知りたいとさえ思っている。

「優斗、いいよ。私……多分大丈夫だ、から」

「とても魅力的な誘いだけど、避妊具はまだ準備していない。あればきっと我慢できなくなるから、戒《いまし》めの意味で——だから美琴が大丈夫なら次はしよう。そろそろ俺も限界だしね」

うっすらと額《ひたい》に汗をかきながら、優斗が苦笑する。

美琴が行為に慣れるまでゆっくり進んでくれた。最初は余裕そうに見えたのに、今は彼の表情からそれがなくなっている。

「……私、大丈夫。避妊具はなくても」

「え？」

「高校生の時からピルを飲んでいるの。生理痛がひどくて、だから……」

優斗は驚いたように目を見開く。そしてしばらくの間固まっていた。

「……美琴。それ、俺以外の男の前では絶対に言わないで」

「優斗以外には言わないよ？」

「ピルを飲んでいても、避妊はしたほうがいい」

「うん、わかっている」

避妊具は妊娠だけではなく性病を防ぐためでもある。だから優斗が窘《たしな》めてくれて、逆に安心する。彼は美琴との関係を真面目に考えているのだ。

「……ありがとう。俺のこと気遣ってくれたんだろう？　でも俺はこうして美琴に触れられるだけでいいし、大丈夫だって言ってくれたのも嬉しい」

「こんな風に優斗に触られて、初めての感覚ばかりで戸惑うし恥ずかしい。でも私も優斗としたいよ」

「美琴——俺、今必死に耐えているから誘惑しないでくれ」

言いながら優斗は美琴の唇を塞いだ。美琴を強く抱きしめながら貪《むさぼ》るように激しく。

今は、これから先に進まずに済むように。

施設に隣接するバスケットコートは、近隣の子どもたちも利用している。彼らと施設の子どもたちとの間でトラブルが頻繁《ひんぱん》に起きていた頃もあったけれど、地域との交流が密になるにつれて、皆で仲良く使えるようになった。長年の地道な活動の積み重ねのおかげだ。

優斗は小学生の頃からバスケットボールのクラブチームに所属していたらしい。中学でも学校の部活動ではなくそのままクラブチームで活動し、高校生の途中から海外のインターナショナルスクールへ通った。そのタイミングでクラブチームを辞めて、以降は趣味で楽しんでいる。

子どもたちは優斗が来ると、バスケットボールを教えてほしいと誘う。だから彼は大抵子どもたちとバスケットコートにいることが多かった。

その日、美琴は少し遅れて施設へ向かっていた。

バスケットコートでは思った通り、子どもたちの声とボールをつく音が聞こえる。優斗と子どもたちがバスケを楽しんでいるのだろうとそこを見れば、いつもとは違う光景が広がっていた。

「優兄ちゃん、頑張って！」

「もう一人の兄ちゃんも、すげーよ」

優斗と、見知らぬ同世代の男性が一対一で対戦している。

優斗が相手の男性をかわして、シュートする。やはり動きが軽やかで、いつ見てもそのフォームは綺麗だ。

子どもたちは応援に回っていたが、その中に綺麗な女性がいた。

「優斗、すごい！　航星《こうせい》も頑張って！」

「お姉ちゃんってどっちの味方なの？」

「ふふ、どっちもだよ」

少し茶色がかった髪は、綺麗なストレート。薄手のカーディガンを羽織ったフレアスカート姿はおとなしめの格好だが、上品だ。

「航星、ちょっと鈍ったんじゃないか？」

「俺は久しぶりなんだよ」

男性のほうは膝に両手をつくと、憎らしそうに優斗を睨む。すると、彼もまた意地悪そうに笑った。大学で見かける時の大人びて近寄りがたい彼でもなく、施設で子どもたちと接する時の優しい穏やかな彼でもない。

子どものような少年のような、そんな無邪気な姿を美琴は初めて見た気がした。

「航星、はい、お水。優斗も」

女性が、近くの自動販売機で購入したらしいペットボトルを二人に渡す。

「舞衣は？　水分とった？」

男性は勢いよく飲んだ後、残りを彼女に渡した。

「応援で立っているだけでも疲れるだろう？」

「これぐらいで疲れないよ。久しぶりに二人がバスケしている姿を見られて嬉しい」

舞衣と呼ばれた女性は、ふわりとかわいらしくほほ笑んで、優斗と男性を見上げる。

その笑みを見て優斗もまた、優しい眼差しで彼女を見つめて笑みを浮かべる。

この世の中で一番大事なものを見るお手本のように、それはとても綺麗で静謐《せいひつ》で透き通っていて——


周囲には子どもたちもいるのに、そこに彼らだけしか存在していないような錯覚すら覚える。

明らかに特別な関係であるとわかる、三人の空気。

なによりも優斗が——まるで見知らぬ男性のようだ。

スリーポイントシュートを決めた姿を見た時と似た感覚が蘇《よみがえ》る。それを不思議に思うと同時になぜか胸がざわついて、美琴はわずかに混乱した。

——見てはいけないものを見てしまったかのように。

不意に、舞衣が立ち尽くしたままの美琴の姿を認めて、軽く頭を下げた。

優斗が自然にその視線を追って、美琴の存在に気づく。彼は美琴を見て嬉しそうに笑いつつ、困ったように肩をすくめた。

優斗の空気が美琴の知っているものに変わった瞬間、美琴はひゅっと息を呑んだ。今まで無意識に呼吸を止めていたことに気づく。自分はいったい今、どんな気持ちなんだろう。


バスケットコートでは、今度は子どもたちがバスケを楽しんでいる。

その隅で、美琴は彼らと挨拶《あいさつ》を交わしていた。

「こっちは小学校からの友人の浅井《あさい》航星。同じく千本木舞衣。航星は国立大学の医学部に通っている。舞衣は俺たちと同じA大。そしてこちらは施設のボランティアで知り合った芹澤美琴さん、彼女もA大だよ」

浅井航星は優斗と同じぐらい背が高く、彼とは違うタイプのイケメンだった。

メガネをかけて美琴を見る目は少し冷たい感じがする。頭の良さそうなインテリな雰囲気は、医学部だと聞いたせいだろうか。

逆に千本木舞衣は、そんな航星の態度を気にしながらもにこやかだ。綺麗だけれど派手な感じは一切なく、真面目で優しい印象を受ける。

優斗の周囲ではあまり見ないタイプの女性だ。

「A大、ね。大学が先？　こっちが先？」

「こっちが先だ」

「ふうん。それよりおまえがこういう場所に通っているなんて、全く気づかなかった」

「そのまま気づかなくてよかったんだけど」

こんなやりとりを聞いていると仲がいいとは思えないけれど、遠慮の必要がないぐらい親しいということなのだろう。美琴は航星の強い口調を少し苦手に感じた。

「あの、ね、電車で偶然優斗を見かけたの。それで、珍しい駅で降りていくから気になって後をつけちゃって……」

「いきなり背後から二人に声をかけられて、俺も驚いた」

美琴の困惑に気づいたのか、先回りして舞衣が説明し、優斗が補足する。美琴はこの状況をなんとなく理解した。

今まで、優斗が友人を施設に連れてきたことはない。美琴もそうだ。

優斗と出会ってからは、この場所はボランティアのためだけではない、二人にとって特別な場所だと思っていた。

二人が出会った場所だから――

「それで、あんたは？　優斗のなに？　ただのボランティア仲間？」

「ちょっと、航星！　いきなり不躾《ぶしつけ》だよ」

「舞衣も気になっているだろう？」

「……それは、そうだけど」

先ほど彼が困ったように美琴を見たのは、こういうことだったのだろう。優斗は『どうする？黙っていたほうがいい？』という風に再び美琴を見やった。

彼らが優斗の友人でなければ、誤魔化してもよかったのかもしれない。

でも、不意に思う。

優斗こそ、いいのだろうか、と。

彼らに自分たちの関係が知られて、彼は困らないだろうか、と。

だから美琴は、判断を優斗に委《ゆだ》ねるべく小さく頷く。

「美琴とは付き合っている。でも、ここでも大学でも秘密にしてほしい。騒がれたくない」

「それはそうだな……。まあ、俺が誰かに言うことはない」

「私もだよ。優斗の大学での人気はすごいもの。……騒がれたくない気持ちはわかる」

美琴は曖昧《あいまい》にほほ笑んだ。

美琴が一言も発することなく彼らの会話は進む。なぜかこの場所で自分だけが異質に思えて、優斗は目の前にいるのにやっぱり知らない人に見える。

大学にいる時の彼以上に、小学校からの友人の前の彼は近寄りがたい気がした。

――『あの子だけが特別』

その言葉が指す対象が彼女であると思い出したのは、その日の夜だった。


A大は、小学校から大学までエスカレーター式で進学することができる。小学校からの内部進学者同士の結束が外部生の想像以上に固いのだと知ったのは、優斗と付き合い始めてからだ。

あまり噂話は好きではなかったけれど、彼らと顔を合わせてから美琴は内部生にさりげなく話を聞いた。

知りたかったのは千本木舞衣について。

優斗からは、航星と舞衣は付き合っているのだとその日のうちに教えてもらっていた。

『舞衣ちゃんはね、お兄ちゃんがバスケのクラブチームのエースだったの。それがきっかけで、クラブチームメンバーの同級生の男の子たちと仲が良かったのよ』

それが優斗や航星たちだ。

その年のクラブチームメンバーは優秀な上に、イケメンぞろいだったようで、小学生の頃から同級生の間でも彼らは憧れの存在だったらしい。

兄の繋《つな》がりでメンバーと仲が良かった舞衣は、周囲から嫉妬と羨望の眼差しを浴びていた。嫌がらせもあったようで、だからこそ余計にチームメンバーは舞衣を庇《かば》っていたのだという。兄世代のチームメンバーもそれに加わり、舞衣はまさしく騎士に守られるお姫様のような立ち位置だった。

『いつ、誰と付き合ってもおかしくない感じだったけど、黒川くんが高校の時に海外に行ってからしばらくして、浅井くんと付き合いだしたの』

舞衣が誰と交際するかは注目の的だったようで、ようやく航星と付き合ってくれて周囲は安心したという。舞衣が選ばなかった他の男の子たちにアプローチしやすくなったからだ。

ただ、優斗だけは海外に行っていたので、女の子たちが群がることがなかった。

『元々、黒川くんは年上の女性と付き合っているとか、頻繁《ひんぱん》に彼女が変わるとか噂はいっぱいあったけど、いつだって舞衣ちゃん優先だったから、内部生の女の子たちは早々にあきらめていたんだって』

そして大学進学と同時に、航星は国立の医学部へ進学した。

優斗が大学へ戻ってきて、再び彼と舞衣が大学構内で一緒にいるのを見かけるようになって、本当はどっちと付き合っているのかと内部生の間では時折話題になっていたらしい。

『黒川くんにとって舞衣ちゃんは特別だから』

なにをもってして『特別』なのか不明でも、優斗の舞衣への接し方は明らかに他の女の子とは違うというのが、内部生の共通認識だ。

最初にその噂を耳にした時、『特別』なのは小学校からの幼馴染《おさななじみ》だからだと安易に思っていた。

でもきっと、そんな単純な話ではないのだろう。

(だって……あんな表情、彼女にしか見せない)

バスケットコートで戯《たわむ》れる三人を見た時に抱いた感覚。

優斗が舞衣を見る目や、語りかける声音、無邪気に笑う顔——すべてが、美琴の知らない優斗の姿。子どもたちと遊んでいる時でさえ、彼は兄のような態度を崩さない。美琴の前でも、いつも落ち着いて穏やかだ。

これまで優斗の気持ちを疑ったことはなかった。彼に大事にされていると、きちんと実感していた。

でも、それは美琴が優斗の恋人だからだ。

おそらく、優斗は恋人が美琴でなくても同じように優しく大事にするだろう。

優斗が舞衣に恋愛感情を抱いているのかどうかはわからない。でも彼にとって舞衣は、恋人とも友達とも違う次元の存在なのだと思う。

まさしく『特別』。

もし美琴と舞衣が一緒にいたら、彼は無意識に彼女を優先させるはずだ。

(あの時、私は部外者だった)

この先、優斗と自分の関係が破綻しても、おそらく舞衣との関係が破綻することはない。

あの日、美琴にそう思わせるほど強固な絆を感じたのは錯覚ではないだろう。

「舞衣、こっち」

優斗が仲間たちと集まる学食のテラス席。パラソルの下の日陰の席へと優斗は舞衣を誘う。他にも人がいるのに、彼が率先して自ら声をかけるのは舞衣に対してだけだ。

「ありがとう、優斗」

恋人である航星がそばにいない代わりに優斗が彼女を守っているのだと、ある内部生は話していた。

『小学生時代からずっとそうだったからその延長線上なんだろうけど、あれじゃあ知らない人が見たら、黒川くんが恋人みたいだよね』

美琴は遠くからその場面を眺める。

現実の舞衣と知り合ったせいで、彼らの情報を仕入れたせいで、今までは何気なく見過ごしていた些細《ささい》なことが、やけに目につくようになった。

美琴は初めて誰かを嫌いだと思った。


優斗は、企業主催のアントレプレナーシップイベントの選考に残ったことで、一段と忙しくなった。しばらくは施設へのボランティアにも来られないし、なかなか会えないかもしれないのだという。

ただ、彼からは部屋の合鍵を渡されて、美琴が来たい時にいつでも来ていいからと告げられた。

美琴もちょうど保育士の実習が入るため、お互いやるべきことに集中しようと話していたところだった。

美琴の学部は、授業単位をいくつか取って実習へ行くことで保育士の資格を取得できる。今保育士になりたいわけではないけれど、いつかそういう道に進みたいと思った時のために資格は取っておいたほうがいいと考えてのことだ。将来、児童養護施設で働く可能性があるなら、なおさら保育士の資格はあったほうがいい。

美琴はしばらくはボランティアに来られないことを伝えるために、その日一人で施設を訪れていた。

「……千本木さん」

子どもたちに囲まれていたのは舞衣で、美琴はびっくりした。

いつの間にか子どもたちに「舞衣ちゃん」と呼ばれていて、今日が初めての訪問ではないことにも気づく。

「芹澤さん。私もボランティア登録させてもらって、週一回ペースでここに来ているの」

優斗が施設に来ていると知ってから、子どもたちのことが気になったのだと舞衣は続ける。

「今日、優斗は来ないよ」

舞衣がそう教えてくれる。

まるで自分だけが優斗のスケジュールを把握しているかのように、美琴には聞こえた。

「あ……知っています。私もしばらく来られないからそのことを伝えに」

「えー、美琴ちゃん来られないの？　どうして？」

子どもたちがびっくりしたように問いかけてくる。

「ええと、保育実習へ行くのよ」

美琴が答えると、それなら仕方ないわね、と施設の職員が小さな子どもたちを宥《なだ》める。

子どもたちに「折り紙教えてー」と言われた美琴は、すぐにそちらに対応することにした。

笑顔を見せながらも、心の中にはもやもやしたものがどんどん広がっていく。

施設としては人手は多いほうがいい。舞衣が興味を持ってボランティアをしてくれるならありがたい。それなのに、この場所に舞衣がいるのが嫌で嫌でたまらない。

ここは美琴にとって大事な場所だ。

幼い頃の思い出も含めて、中学生の頃から母とともにずっと通ってきた。

そして優斗と出会った場所でもある。

その特別な場所に舞衣がいるのがたまらなく嫌で、同時にそんな身勝手な感情を抱く自分にも嫌悪を覚える。

不意に美琴の腕が作業テーブルの端に当たり、ガチャンと色鉛筆がケースごと落ちて床に散らばった。

「あ、ごめん」

「いいよー、芯折れてないといいけど」

小学生の女の子が拾ってくれる。美琴も慌ててそれらを拾い上げた。

「はい」

足元に転がった色鉛筆を舞衣が差し出す。

「ありがとう」

「ねえ、私も美琴ちゃんって呼んでいい?」

舞衣の申し出に、美琴は咄嗟《とっさ》に言葉に詰まった。

施設のボランティアは、子どもたちが呼びやすいように呼ぶのを優先しているので、下の名前で呼び合うようになるのは自然なことだ。だから、断る理由がない。

「私も舞衣でいいから」

「……はい」

「同級生だから敬語もなしね」

「……うん」

それからなんとはなしに、美琴は舞衣も交えて子どもたちと遊ぶことになった。


今日、施設に行くことは優斗に伝えていた。その帰りに彼の部屋に寄ることも。

けれど美琴は今、施設から駅までの道を舞衣とともに歩いている。

もう日が落ちる時間が早くなっており外は暗いが、駅までの道は大通りに面していて明るかった。

「美琴ちゃんは、優斗といつから付き合っているの?」

「二年の終わりぐらいから」

美琴は迷いつつ素直に答えた。

舞衣がぽつりと「結構、長いんだね」と呟《つぶや》く。

「あ、優斗って、その、モテるから結構女の子のサイクル短い印象があって」

優斗が女の子に慣れているのは最初からわかっていた。でもそんな情報はいらない。

舞衣は良きにつけ悪しきにつけ、思ったことをすぐに口にする素直なタイプなのだろう。

「それだけ美琴ちゃんが大事なんだね……いいな」

「舞衣ちゃんも彼と長いんでしょう？」

「航星？　うん、高校から付き合い始めたから。でも大学違うし、医学部の勉強が忙しいみたいで。大学四年生になったら臨床実習も始まるから多分、ますます会えない」

舞衣は寂しそうに言った。

「ほら、私たち内部進学だから、小学校からずっと一緒だったの。優斗が海外に行った時も寂しかったし、航星が別の大学に行くって決めた時もすごく辛かった。まあ、でも好きな人の夢は応援しないと、ね」

自分に言い聞かせている舞衣の姿を見ていると、彼女がどれほど航星を好きか伝わってくる。

(そうよ、彼女が好きなのは優斗じゃない)

幼馴染《おさななじみ》から恋人になった、長い付き合いの相手がいる。その存在を美琴も知っている。

でも美琴にはそんな幼馴染《おさななじみ》のような存在はいないから、彼らの絆の強さがどれほどかは想像できない。

「美琴ちゃんは、このまま優斗と付き合っていることは秘密にするの？」

「……そのつもりだけど」

「でも、今も優斗、たくさん告白されているよ。自分が彼女です！　って言ったほうが牽制にならない？」

「浅井くんもモテそうだけど、舞衣ちゃんがいるからって告白されないの？」

「……私たちは大学が違うから。でも航星は告白されてもきちんと断ってくれるし——そうね、優斗も一緒か」

　優斗が告白されているかどうかなど美琴は知らないし、彼も言わない。でも、舞衣以外の女性とは距離感を保ち、仲間として関わっていることは知っている。

「恋人がモテる人だと、いろいろ心配だよね。私は、航星と離れて不安になって疑って、そんな自分が嫌になって……だから空いている時間、何かしたくてボランティアに来ることにしたの」

　美琴が不安を抱えているように、彼女も同じなのだとその時初めて気がついた。

　そして施設へ来た本当の理由を知って、彼女が来たことを嫌悪した自分を恥じた。

　恋人に会えない寂しさや不安をなんとか解消しようと、彼女なりに必死なのだろう。

　優斗も舞衣の不安定さに気づいているから、気遣っているのだろうか。

（私、ちょっと偏《かたよ》った見方をしすぎていた？）

「じゃあ、美琴ちゃん、私こっちだから」

「うん、気をつけて」

　駅に着くと、舞衣はすぐに改札へと向かった。

すんなり舞衣と離れることができてほっとする。彼女と話すと疲れるのは、緊張するせいか、苦手意識がそうさせるのか。

(彼女自身はきっと悪い子じゃない……)

しかし、これからどこに行くのか詮索されなくてよかった。ふと、舞衣は優斗の一人暮らしのマンションの場所を知っているのだろうか、と思った。


玄関のドアを開けると、室内から明かりが漏れていて、そこでようやく優斗の靴が玄関にあることに気づく。

「優斗?」

「おかえり、美琴」

今日は話し合いで遅くなると聞いていたので、美琴はカフェで軽い夕食を済ませてきたのだ。

「え? 今日遅くなるって」

「まあ、いろいろあって中断したというか、延期したというか。俺メッセージ入れたんだけど、気づかなかった?」

すっかり寛《くつろ》いだ部屋着姿で、優斗は苦笑する。

「え、ごめん。スマートフォン気にしてなかった」

「そうだろうと思った」

「でも、会えて嬉しい! ご褒美もらった気分」

舞衣と施設で出会ったもやもやしたものが、ぱあっと晴れる。

「めずらしいな。美琴がそう素直なの」

驚いたように言われて、美琴は少し恥ずかしくなる。

優斗が一人暮らしをするマンションは、駅に近い分築年数が古い。だが、ワンルームにしてはリビングやキッチンはゆったりとした広さがある。

リビングテーブルのパソコンの周囲にいろんな資料が散らばっているのを見ると、優斗は作業途中だったようだ。

今回参加する企画は三次選考まであって、最後は会場ステージでのプレゼン発表となっているらしい。インターネットでのライブ中継もあり、たとえその場で賞がとれなくても、配信を見て興味を持った企業からのオファーがあれば、資金提供がなされて活動を継続できるのだという。

優斗はその大事な三次選考用の資料を作成しているのだ。

「目途はたちそう？」

「それぞれ課題分析して持ち帰ったんだけど、今からそれをブラッシュアップする予定」

優斗の活躍の背後には、こういう地道な努力が不可欠だ。彼が熱心に根気強く取り組んでいる姿を見ると、美琴も身が引き締まる。

「私、もしかして帰ったほうがいい？」

「久しぶりに会えたのに……会いたかったのは俺だけ？」

邪魔になるだろうかと思って口にしたのに、優斗はすねた口調で言うと美琴を抱きしめる。

そのまま唇が重なった。

いつの間にこんなに馴染んだのだろう、と美琴は思う。優斗にキスをされれば自然に口を開けて、互いの舌を絡ませる。そのまま彼が服を脱がせるのを手助けする。

「美琴、抱きたい」

キスの合間に漏れる甘い声。

「でも、私シャワー、浴びてない」

子どもたちと遊べば、この季節でも少しは汗をかく。

「俺は気にしない。むしろそのままの美琴を感じたい」

美琴はすぐさまベッドに押し倒された。


明かりを消して、と頼んだのに、美琴をじっくり見たいと言って優斗は消してくれなかった。

確かに、短い時間でも会うようにはしていても、こうしてゆっくり過ごすのは久しぶりだ。そしてこれから二人ともさらに忙しくなることもわかっている。

あっという間に全裸になった。最初の頃はあんなに恥ずかしかったのに、今は彼が求めるままにさらけだすことに快楽さえ覚えている。

胸に両手を添えて、優斗は優しく揉み始めた。そして、胸を揉まれて感じる美琴の表情を逃すまいと見つめ続ける。

胸の先を指でこすられれば、すぐに体は熱を持つ。

「あ、優斗」

「いっぱいいじってあげる。美琴のここ、どんどん硬くなってきた」

ほら、と言って強めに弾かれても痛みなんかない。むしろさらに痺《しび》れる。

セックスの時の優斗は、少し意地悪だ。でも、そうやって優斗に教えられた体は素直に反応する。

硬く尖った胸の先を、優斗はわざと音をたててちゅぱちゅぱと舐めては吸い上げた。

ぴりりとした刺激に、胸の先がどんどんいやらしく尖る。

片方を舌でなぶり、もう片方を指でしごかれると、そこから広がる痺《しび》れで美琴の体から力が抜けていった。

「あっ、んんっ、はぁ」

美琴の太腿に、彼の硬いものが当たる。それを受け入れるかのように、美琴の脚は自然に開いていった。

「美琴、脚もっと開いて。いつものように膝をかかえて」

胸を揉んでは舐めてを繰り返しながら、優斗はそう囁《ささや》く。

美琴は曲げた膝を抱えると、自らそこを開いた。

「もっとだよ。俺に見えるようにして」

恥ずかしくてたまらないのに、美琴は素直に従う。胸への愛撫だけでしとどに濡れているだろう場所を好きな男にさらすのは、何度繰り返しても慣れない。

「明るいからよく見える。美琴の綺麗な桃色。いっぱい濡れている」

優斗の指が美琴の中に入ると同時に、粘着質な音が響く。最初は繊細に優しく動くけれど、美琴の弱い部分を知り尽くした指は、そこを的確に狙う。

「久しぶりだから少し狭い？　でも熱くうねっている」

入り口から奥まで探るように動きながら、優斗は指を増やした。出し入れされるたびに、美琴の腰は小さく揺れる。

「あっ、優斗っ、だめっ」

彼の前髪が太腿にかかったと思った瞬間、美琴の一番敏感な部分がきゅっと吸われた。

「あっ、いやぁ、きたな、いっ」

「……汚くない。美琴の味がする」

シャワーを浴びずに始めたのだ、汚くないはずがない。でも、優斗は気にしていない様子で、清めるかのようにそこを舐め回す。そうなると戸惑いよりも快楽が勝って、美琴はなにも考えられなくなった。

舌と指とで同時になぶられれば、達するのは呆気ない。

卑猥《ひわい》な蜜の音と声とを奏でて、美琴は一気に昇りつめた。

だらりと美琴の全身から力が抜ける。肩で息を吐きながら薄く目を開ければ、ギラついた野性的な優斗の視線が刺さる。優斗は上体を起こすと、明かりの下の美琴の全裸を眺めたまま、蜜で濡れた口元を乱暴に拭《ぬぐ》う。

いつも紳士的な態度からは想像できない、この瞬間にだけ見られる優斗のこの男っぽい表情が、美琴は好きだった。

「あっ、んんっ」

優斗は開いたままの美琴の膝を押さえると、美琴の秘所にゆっくりと己《おのれ》の先端をこすりつけた。

「はっ、ぬるぬる。俺のか美琴のなのか、わからないぐらいだ」

「あっ、ああっ！」

一度達した体は敏感で、美琴のクリトリスは大きく勃起している。そこに優斗が己《おのれ》自身をこすりつけるたびに、美琴の腰は淫《みだ》らに跳ねた。

きっと彼の目には、美琴が自ら男根に押しつけているように見えるだろう。

実際、優斗の視線は美琴のその部分に釘付けだった。

「……ないで。あっ、んんっ、優斗、見ないで」

「美琴が自分で腰を振っているところ？　男の前ではしたなく足を広げて、びしょびしょに濡れているところ？　シーツ、美琴の蜜でびしょ濡れだよ」

美琴はいやいやと首を横に振る。くせのある髪がふわりと揺れて、汗で肌に張り付く。

「はっ……あっ、あ、またイっちゃう」

「ああ、美琴のここ、ぱっくり口を開けてひくひくして物欲しそう」

「あ、だめ、優斗！」

「俺のを咥えたくてたまらないみたい」

背中にぞくっと痺《しび》れが走った。

彼の誘惑めいた台詞《せりふ》に、美琴の体の中心は確かに彼を欲しがり、乞うように蜜という涙を零す。開いた場所に彼のものが入りかけるが、それはすぐに離れてしまう。もどかしくてたまらなかった。

「……て、優斗」

「なに？　美琴」

「入れて、優斗」

「まだ、ゴムつけてない」

低くかすれた優斗の声。

互いの眼差しがねっとりと絡み合う。理性と欲望が混じり合って、二人の間に色濃く揺蕩《たゆた》う。

いつもなら頷いて彼が避妊具をつけるのをおとなしく待つのに、なぜか今日はわずかな時間さえ惜しい気がした。

ふと、施設にいた舞衣を思い出す。自分たちの大事な場所に割り込んできた余計な存在。

「いい。優斗と直接……繋《つな》がってみたい」

優斗が息を呑むのがわかった。

美琴はすぐさま切ないと泣く場所を、はしたなくも自らの指で広げて見せた。

「お願い……きて」

理性を壊す優斗を見たかった。いつも落ち着いている彼が、我を忘れて自分を求めてくれたら、愛されていると実感できる気がしたのだ。

「ゆう、と。大丈夫、だから」

優斗はらしくなく舌打ちすると、美琴の中に一気に入ってきた。

たかが薄い避妊具ひとつ。

けれど隔《へだ》たりをなくして直接熱を感じ合える感覚は、強烈な快楽を運んできた。

「ああっ」

「美琴っ！」

隙間を埋め尽くす熱量。奥深くまで抉《えぐ》られては引いていく。逃がすまいと中がうねる。

いつもは美琴の様子を見ながらゆっくりと律動するのに、優斗は余裕をなくしたように中を穿《うが》ち続ける。

「あっ、優斗っ、いいっ、いいのっ」

強く激しくされても、痛みがないどころか全身に快感が走る。

優斗が美琴の胸を揉みながら、激しい律動を繰り返す。どこに触れられてもなにをされても気持ちが良くて、美琴は高い声を上げ続けた。

声を抑えなきゃと思うのに、抑えられない。口を塞ぎたいのにすぐに指は離れてしまう。

「はっ、美琴っ、美琴！」

切羽詰まった声音で呼ばれる名前が好きだと思った。理性をなくした彼に愛しさがわいた。

直接繋《つな》がるだけで、こんなにも満たされた気持ちになるのか。

「ゆうっ、イっちゃう、あんっ、優斗っ」

優斗は上体を倒すと、美琴の唇を塞いだ。ようやく声が抑えられる。さらに激しく腰を押し付けられるたびに広がる、快楽の波。

「美琴の中に、出す」

貪《むさぼ》るようなキスの合間に、低くかすれた声で告げられて美琴は頷いた。

この瞬間の幸福感はきっと、経験しないとわからないものだ。

優斗が美琴をぎゅっと抱きしめる。美琴も必死でしがみつく。彼の体が美琴の腕の中で小さく跳ねる。熱い息が耳をくすぐる。

「……出るっ！」

優斗のその声さえ、美琴には甘美に響いた。

しばらくそのままの姿勢で、二人で抱きしめ合った。

この時間を至福だと思うのは、この行為が新たな命を育《はぐく》むことに結びついているからか。

二人でしか成しえない大事な儀式のようだからか。

なんであれ、互いが特別でなければきっと味わえないものだろう。

「ごめん、抑えられなかった」

「……大丈夫」

優斗に後悔してほしくなくて、美琴は彼の背中をそっと撫でた。

「美琴……」

「理性をなくす優斗も好きよ。だって私だけしか見られないから」

「ああ、美琴だけだ」

どちらからともなくそっと口づけを交わす。

まだ中に入ったままの優斗がぴくりと震えた。

「ゆっくり離れるから」

「シーツ汚しちゃうね」

「とっくに汚れている。むしろ汚せばいい」

そう言うと、優斗は体を起こして美琴の中から出て行った。

自分の中から彼がいなくなるこの感覚は、少し切ない。

優斗は開いたままの美琴の脚を、軽く押さえた。

「優斗」

「せっかくだから、このまま……見たい」

塞いでいた栓が抜けて、そこから互いのものが混じり合った愛液が流れ出る。

美琴は顔を横にそむけて羞恥《しゅうち》に耐えた。とろりとしたものが零れていくのがわかる。

汗に混じる、独特の精液の匂い。

「美琴のと俺のが、混ざって零れてる」

「ん」

「美琴の中に、もっといっぱい注ぎたい」

優斗は美琴を切なそうに見下ろして呟《つぶや》く。

いまだ熱のこもった彼の眼差しと、色香を放つその姿に美琴は幾度《いくど》となく酔ってきた。

「いいよ、いくらでも。優斗をいっぱいちょうだい」

その日は朝になっても部屋の明かりはついたままで、美琴は何度も彼を受け止めて、互いの愛液の海に溺れた。


翌日、際限なく快楽を貪《むさぼ》った美琴は、午後の遅い時間帯にようやく体を起こすことができた。優斗がなにも着ないでと言うから、彼のTシャツだけは借りた。そして新しいシーツをベッドにかぶせる。

「そういえば昨日、施設で舞衣ちゃ……千本木さんに会ったよ」

「え？」

ラグに座ったままパソコンを叩いていた優斗が驚きを露《あら》わにして、顔を上げる。

「施設で？　舞衣が？　なんで」

優斗はどうやら知らなかったようだ。

施設へのボランティア活動は本人の自由だが、もし優斗が舞衣が通っていることを知っていたら、美琴は少し傷ついただろう。そうでなかったことに、ちょっとほっとする。

「ボランティア登録したって。週一ペースで来ているみたい」

「それ、航星も一緒？」

「それはわからない。昨日は彼女一人だった」

優斗は資料に埋もれていたスマートフォンを探し出すと、慌ただしく操作する。

「あいつ、忙しいからすぐには返信来ないか」

「彼女が施設でボランティアするのに、なにか問題でもあるの？」

優斗があからさまに動揺を見せるのは珍しい。舞衣から口止めはされなかったから内緒ではないはずだが、こんな反応をされると戸惑う。

「……詳しくは言えないが、舞衣はあまり体が丈夫じゃない。だからできるだけ一人で行動させないようにしている。なにかあってもすぐに対処できるように」

「そんなに？」

施設では子どもたちと普通に遊んでいるように見えた。

「いや、ごめん。一人で行動しても構わないんだけど、俺や航星とか昔から舞衣を知っている人間は、どうしても彼女を一人にするのに抵抗があって……」

歯切れの悪い優斗の言い方に、ようやく美琴は腑《ふ》に落ちた。

「だから優斗は彼女に過保護なんだ」

舞衣がそばにいる時、優斗は常に彼女を意識しているように見えた。けれど病弱が理由なら、許すわけではないが理解はできる。

「俺、そんなに過保護に見える？　舞衣に会ったのってあれが初対面だったろう？」

「……優斗は目立つから、大学で時々二人が一緒にいるのを見かけるの」

そして二人が一緒にいると、毎回噂がたつからだ。

優斗にとって彼女が『特別』だから過保護なのだと。

美琴はこくんと唾を呑み込むと、意を決して気になっていたことを口にした。

「『あの子だけは特別』って噂になっているよ」

「それ、美琴の耳にも入っているのか……本当に噂だよ。舞衣は昔から知っている幼馴染《おさななじみ》ってだけで、それ以上でもそれ以下でもない」

聞き飽きたとでも言いたげに、優斗は肩をすくめる。

(でも『特別』なのは事実よね?)

「ただ、今は舞衣のそばに航星がいないから、余計に俺が気負っているところはあるかもしれない」

言い訳でもするみたいに、優斗は言葉を続けた。

彼らの間には、第三者にはわからないいろいろな事情がありそうだ。

そこには多分、美琴は踏み込めない。

「あ、航星からだ。ごめん、ちょっと電話に出る」

そうして優斗は航星と話し始めた。声は漏れても内容まではわからない。ただ、優斗の受け答えから、どうやら舞衣のボランティア活動は航星にも知らされていなかったようだった。

優斗の表情がどんどん険しくなる。

「舞衣の行動すべてを監視するのは無理だろう？　彼女にだって自由は必要だ」

美琴はそっと両手で耳を塞いだ。

舞衣を心から心配する優斗の声を聞いていると、胸の奥がぎゅっと痛む。彼女を気にかける優斗を見るのは嫌だと思った。

事情がわかっても、『特別』の理由を知っても、彼女に恋人がいても――美琴はこんな風に嫉妬してしまうのだろう。

美琴を醜い感情に向き合わせる舞衣の存在は、美琴の心に黒い染みを広げた。


インターンシップや就職活動、卒業論文の準備などが本格的に始まると、忙しさに拍車がかかった。だけど将来にとって大事な時期だとお互いに認識していたから、会えない日々が続いても受け入れていた。

アントレプレナーシップの大会で、優斗が中心となったグループは最優秀賞こそ逃したものの特別賞を受賞し、企業から資金提供を受けて具体的にプランを進めていくことになった。

新聞やテレビにも取り上げられたことと、優斗の容姿も相まって、大学外でも彼の周囲が騒がしくなる。

高校時代に海外のインターナショナルスクールに通っていたこともあり、優斗の人脈は幅広い。英語が流暢《りゅうちょう》なことも強みだ。彼はいくつもの企業から内定をもらってどこを選ぶか迷うような、贅沢な環境にいた。

初めて出会った時から、彼の存在感は特別だった。

自分とは世界の異なる人だと感じていた。

彼がどんどん有名になっていくにつれ、美琴は逆に息苦しさを覚える。

二人きりでいればすぐ近くに感じられるのに、一歩外に出ると見知らぬ他人のように距離が遠のく。交際を秘密にしていたことがよかったのか、悪かったのか、美琴にもわからなかった。

そして美琴が優斗との距離の開きを感じている間に、舞衣と優斗はこれまで以上に親しくなっているように見えた。

舞衣が施設へのボランティア活動をし始めた頃から、おそらく彼女と航星の間に隙間ができた。航星は臨床実習で忙しくなり、舞衣に構えなくなったのだろう。

代わりに優斗が、自分の目の届く範囲に舞衣を置くようになった。

「今、舞衣が不安定で目が離せない。だからできるだけ、彼女を見てあげたい」

不安定なのが舞衣の病状なのか、精神的なものなのか、そのあたりのことを優斗ははっきりとは言わなかった。

とはいえ、理由をきちんと説明したことを誠実だと取るべきか。

美琴が断れないよう牽制されたと取るべきか。

どうして舞衣の面倒を優斗が見なければならないのか。どうしてそこまで守ろうとするのか。

——舞衣ちゃんと私、どっちが大事なの？

美琴は何度も口に出したくなって——でも、そんなみっともないことは聞けなかった。

なにより、彼自身が舞衣と航星との間で苦しんでいるように見えたから。

この時の美琴は、自分のことで優斗を苦しめたくないと思うぐらいには彼を好きだったし、彼を信じていた。

スマートフォンが震えると、優斗は画面を注視する。そしてかすかに目を細めて小さく息を吐く。

それで通話を始めたら、大抵は舞衣に関することだ。

美琴が優斗の些細《ささい》な変化を覚えてしまうぐらい、彼女との関わりは頻繁《ひんぱん》になっていた。

大学内でも優斗のそばに舞衣がいることは多かったけれど、それは常に他の仲間たちとも一緒だった。

しかし、いつからか噂話の中に、優斗と舞衣が二人きりでいるとか、舞衣が恋人と別れたとか、優斗と付き合い始めたとかいった内容が混じりだす。

「舞衣、待てって！」

優斗の部屋へ行く途中、聞き覚えのある声が聞こえて美琴は立ち止まった。

一本入った路地で、舞衣の腕を優斗が掴《つか》んでいた。

思わず美琴は姿を隠す。

「どうして私はだめなの!?」

「舞衣」

「優斗はずるい！　ずるいよっ。高校生の時だって私から逃げたんじゃない！　だったら私のことは放っておいて！　そういう期待させるような優しさいらない！」

優斗の胸を舞衣は叩く。震える声で泣いているのがわかる。なにより、そんな舞衣を見ている優斗の表情が切なく歪んでいて、美琴の胸が痛くなった。

（もしかして舞衣ちゃんは、優斗が好きだったの？）

あの三人の関係は曖昧《あいまい》で、それでいて強固なので誰にも入り込めない。

美琴はいつも部外者で、もどかしくてやきもきした。それでも優斗が好きだから、我慢して見守ってきた。

優斗は、舞衣を抱き寄せようとしてその腕を止めた。航星という恋人がいる彼女に対する配慮だろうか。

「舞衣。舞衣が航星を選んだんだ」

「そうよ、だって優斗が逃げたから」

「俺は逃げてない」

「嘘つき。優斗は私より航星を優先したの」

――舞衣は本当は優斗が好きだった？

――優斗が海外に行ったから、航星と舞衣が付き合いだした？

――優斗は航星との友情を優先して舞衣をあきらめた？

じゃあ、航星と舞衣との関係が壊れたら――どうなるの？

美琴は混乱してその場を離れた。

優斗の恋人という立場は、舞衣と航星次第で左右されてしまう不確かなもの。

優斗がどれほど舞衣を気にかけていても、彼女が航星に夢中であれば美琴はまだ安心できた。けれど舞衣の本音を垣間見たこの夜から、美琴はその思い込みが間違いだったのではと思うようになった。

もし優斗が、舞衣が航星を選ぶように自ら身を引いたのだとしたら？

日本に戻ってからすぐに美琴を恋人に選んだのは、二人の関係を邪魔しないため？

そもそも、本当に自分は優斗に愛されているのだろうか。

根本が崩れ去って、美琴は優斗をどう信じていいのかわからなくなった。

（関係は秘密、セックスの相手をして、あの子との関係にも文句を言わないなんて、私って都合のいい相手なんじゃないの？）

秘密にすることは美琴自身も納得したことなのに、一度偏《かたよ》った見方で物事を見るようになると、すべてが反転してしまう。

「美琴！」

後日、施設からの帰り道で声をかけられて、美琴は足を止めた。

「優斗」

結局あの夜、体調不良になったと嘘をついて優斗の部屋には行かなかった。事実、美琴はあれから食欲を失くしている。常に軽い吐き気が続いているのだ。

そして、忙しいだろうからと気遣っている風を装《よそお》って、優斗との連絡の頻度を減らしている。

メッセージに余計なことを書いて送りそうで怖かったからだ。

だから今日、施設へボランティアに行く予定だったことも知らせていなかった。

「よかった、間に合って。美琴となかなか連絡がとれないから、施設の子に来たら知らせるよう頼んでいたんだ」

放っておいていいのに――ついそんなことを思う。

どうせ優斗の最優先は舞衣であって、余裕がある時に美琴を気にかけているだけにすぎないのだから。

今日もきっと最初に舞衣との時間を確保していて、隙間時間ができたから美琴に会いに来たのだろう。

「最近、メッセージの返信もないし、会えないから心配で」

こんな風に優しい口調で、甘い態度で、表面的な言葉で恋人だと誤解させて、舞衣にはぶつけられない性欲を美琴で解消している。

そんな醜い自身の思考に吐き気を覚えて、美琴は口元を押さえた。

体の奥からせり上がってくるのは汚い言葉ばかり。それを吐き出さないために、美琴は必死に口を噤《つぐ》む。

「美琴？　大丈夫か？　まだ体調悪い？」

肩に手を伸ばされそうになって、美琴はそれを避けた。自分でもびっくりして、咄嗟《とっさ》に言い訳してしまう。

「ごめん、ちょっと気持ち悪い」

「病院へ行こうか？　タクシーを呼ぶ」

「大丈夫、寮に戻って休めばいいから。本当にごめん」

「気にしなくていい。送るから」

「うん、ありがとう」

苦痛に表情を歪ませた美琴は、結局この日優斗と目を合わせることはできなかった。


苦戦していた美琴の就職活動に目途が立ったタイミングで、優斗の忙しさも落ち着いた。お互いゆっくり会う時間ができたことで、美琴の心は少しだけ穏やかさを取り戻した。

舞衣さえ関わらなければ、醜い嫉妬で優斗の気持ちを疑うこともない。

二人きりで過ごす時間は、甘く過ぎ去る。

手を繋《つな》ぎ、キスをして、肌を触れ合わせれば、愛しさがわき上がる。

なによりも優斗に愛されていると実感できる。

卒業まであと少し。

大学を卒業すれば、さすがに舞衣との距離も幾分《いくぶん》かは離れるはずだ。それに自分たちの関係も秘密にする必要はなくなるだろう。

美琴はそう考えることで、揺れ動いていた自分の気持ちになんとか折り合いをつける。

優斗の心の奥底の本音がどうであれ——舞衣と航星が別れない限り、優斗が美琴から離れることはない。

「美琴っ、だめだ」

そんな優等生な言葉は聞きたくなくて、美琴は優斗の上に跨《また》がると自ら腰を動かした。

避妊具を装着する前にそのままの彼を受け入れる。

優斗はいつもためらうけれど、美琴はできれば直接優斗と繋《つな》がりたかった。

そうすることで、彼の一番近くにいるのは自分だと実感するために。

彼と同時に果てると、ゆっくりと動いて後処理をする。

お互いに衣服を身に着け終えると、優斗は少し困ったような表情をして、美琴を緩《ゆる》く抱き寄せた。

「美琴、なにか不安なことがある?」

そう優しく聞かれて、美琴は泣きたくなる。

ちらつく舞衣の影を振り払いたいから、なんて言えない。

「もうすぐ……卒業だから、かな」

美琴は咄嗟《とっさ》にもう一つの本音を口にした。

冬休みに実家に帰省した折に聞かされたのは、義父の海外転勤の話だった。

美琴が社会人になるタイミングだったため、母も義父に同伴するという。そうすると他に親族がいない美琴は日本での居場所を失うことになる。

また、就職先が決まったため、この間施設に行った時に一旦定期ボランティアの登録を解除することになった。就職したら忙しくなると施設の人たちも知っているから、そう勧められたのだ。

学生という安全な場所から飛び立ち、二人の特別な場所からも遠ざかり、実家という逃げ場所を失う。

大人になるからには自立するのは当然だが、それでも一抹《いちまつ》の寂しさは拭《ぬぐ》えなかった。

「美琴、ずっと言おうと思っていたんだけど……卒業したら一緒に暮らさないか？」

驚いた美琴は顔を上げて優斗を見た。

いつも落ち着いている彼らしくなく、緊張した面持《おもも》ちだ。

「一緒に？」

「美琴のご両親が海外に行くって聞いてから考えた。社会人になってお互い落ち着いてからとも思ったけど、俺はこの先もずっと美琴と一緒にいたいから」

触れ合う場所から、優斗のはやる鼓動が伝わってきた。不安そうに揺らぐ眼差しも初めて見る。

「嬉しい……嬉しいけど、でも」

「ああ、今すぐじゃなくていい。ゆっくり考えて構わない。ただ、俺の本気を美琴に伝えたかった」

卒業前の美琴の不安定さを感じて、優斗が切り出してくれたのだとわかった。優斗にぎゅっと抱きしめられ、どちらのものともわからない鼓動が重なり合う。

こういう彼の優しさが、いつも美琴の心を惹きつける。

将来を示唆する言葉が嬉しくてたまらない。これから先も優斗の隣にいていいのは自分なのだ。

そんな喜びが確かにわき上がるのに、同時に小さな痛みがちくりと刺す。

「うん、ありがとう、優斗。考えておくね」

美琴はなんとか言葉を吐き出すと、返事の代わりに優斗を強く抱きしめ返した。

温かな気持ちで微睡《まどろ》みにつくと、それを妨《さまた》げる振動音が響く。

美琴が目を開けると、隣で体を起こした優斗がスマートフォンを耳に当てているところだった。

その横顔を見るだけで、相手が誰だかわかる。案の定、女性の声が漏れて聞こえてきた。

「航星なら大丈夫だ。舞衣が心配するほどやわじゃない。俺ではなく舞衣が支えればいい」

電話の相手は舞衣のようだが、どうやら航星の件らしい。

時計を見れば、二十二時を過ぎたあたり。

相手が舞衣だというだけで、心が騒めく。

いつか、こんなことも受け入れられるようになるのだろうか。彼らの強固な絆を温かく見守れる日が来るのだろうか。

美琴が目覚めたのに気づいた優斗が、すまなそうな表情をする。

航星になにかあったのなら、優斗が行ったほうがいいのではないか。駆けつける相手が舞衣でなければまだ許せる。そして、舞衣であれば許せないと思った自分に美琴は嫌悪を覚えた。

「優斗、行ったほうがいいんじゃないの？　浅井くんになにかあったんでしょう？」

美琴は小さな声で優斗に伝えた。

優斗からは将来を約束するような言葉をもらったばかりだ。

この先も優斗と一緒にいる――それは、彼らとの関係もどんな形であれ続いていくことと同じ。

こんな出来事にも慣れていかなければならない。

優斗は少し迷いながら、舞衣に「わかった。航星に会いに行く」と返事をした。

「航星、今、臨床実習中なんだけど……ちょっとトラブっているみたいで。あいつ完璧主義なところがあるから、些細《ささい》なミスでも自分を追い込むんだ。でも、舞衣には弱音を吐けない」

弱音を吐けない気持ちは理解できる。美琴も自分のマイナス感情を他人にさらすのは抵抗がある。

「だからって俺に言うわけでもないんだけど」

優斗はそうぼやきながらも、服を着替え始めた。

これから何度、舞衣からの電話で出かけていく背中を見送ることになるのだろうか。

ふとそんなことを思う。

「気をつけて、行ってらっしゃい」

けれど美琴は、心の内など表に出さずにいつも通り振る舞った。


卒業間際になって、ひどく下世話な噂話がかけめぐった。

むしろ、卒業するからこそ後腐れがないと考え、皆平気で噂を広げていくのかもしれない。

『千本木舞衣は、二股をかけている最低な女です』

そういうコメントとともに、舞衣が二人の男性と、ホテル街を背景に抱き合っている写真がSNSに出回った。

二人の男性は、航星と優斗だ。最初にそれらの写真が出回り始めたのは、航星の通う大学でのことだった。その時はすぐに削除されたようだが、一度インターネット上に掲載されたものが完全に消えることはない。

美琴がこの噂を知ったと同時に、優斗からも説明のメッセージが届いた。

『舞衣と俺たちの写真が出回っているけど、航星に振られた女が腹いせにバラまいたフェイク画像だから、信じないで』

さらに裏の掲示板では、舞衣の個人情報とともに悪質なコメントがあふれていた。

普段ならば美琴もそんなものは見ない。けれど、今回は無視することができなかった。

なぜなら、優斗と舞衣が抱き合っている画像を撮ったらしい場所や日時までが特定されていたからだ。

『場所は○○公園。ホテル街じゃない。でも抱き合っているのは合成じゃない』

『昔から三人で仲良かった。今でも三人で仲良しなんだろう』

『いい男二人を手玉に取って調子に乗っているだけ。あんな女どっちからも相手にされなくなればいいのに』

日時は、優斗が舞衣に、航星の件で呼び出された日だった。

そして、あの日見送った時と同じ服装の優斗の姿。

さらにコメントとともに、ＳＮＳ上で以前公開されていたものか、それとも誰かが撮っていたものか、優斗と舞衣が仲間たちと一緒に写っている写真も上げられ始める。

その中で、もうひとつ美琴がどうしても無視できない情報があった。

優斗からは騒ぎが落ち着くまで寮で待機してほしいと言われていた。それでも、美琴は優斗の口から聞いておきたいことがあった。

『来るまで部屋で待っている』とメッセージを入れて、優斗の部屋で待つ。彼の部屋は引っ越し前の片付けの最中だ。

一緒に暮らそうと言われた。この先もずっと一緒にいたいと――

だから優斗とともに新居探しをしていた。義父の異動先が二転三転して決まらず、両親が卒業式には来られなくなったから、挨拶《あいさつ》は次の機会にとも話していた矢先のことだった。

「美琴！」

玄関先で慌ただしく音がする。

数日会わなかっただけなのに、優斗の疲労の色が濃くなっていた。きっとこの騒動の対応に追われているからだろう。

「美琴、大丈夫か？　今俺の周囲も騒がしくて、美琴が巻き込まれる可能性がある。あまり出歩かないほうがいい」

強引に呼び出したのに、優斗は怒るどころか美琴を心配する。庇《かば》うように抱きしめてくれる。

「優斗、情報がたくさん出回っているの」

「ああ、わかっている。今、関係するアカウントの削除を運営側に申し出ているんだ。航星も対応している」

優斗は目立つ活動をしていたし、航星も人に騒がれる容姿だ。舞衣だって、綺麗な子だから妬《ねた》まれやすい。でも、こんな風に一気に悪評が広まるなど思いもしなかった。

怖いと、思った。

いつか自分も舞衣の立場になるかもしれない――だから舞衣には同情する。きっとものすごく怖くて不安なはずだ。

それでも、確かめなければならないことがある。

「優斗……浅井くんの件で呼び出されたあの日、優斗は浅井くんに会いに行ったんだよね？　舞衣ちゃんには会っていないよね？」

優斗がはっと息を呑むのがわかった。抱きしめられて安心できるはずなのに、なぜか震えが止まらない。

「航星に会いに行ったのは事実だ。ただ、そこには舞衣もいて、いろいろあって……」

優斗は美琴から目をそらし、歯切れの悪い言い方をした。そして目を閉じる。

「あの画像はフェイクだって言ったけど、背景のホテル街はフェイクでも抱き合ったのは事実？」

「……ごめん。舞衣がかなり動揺していて、泣きながらすがりつくのを引き離せなかった」

「でも舞衣ちゃんを抱きしめていたよね？」

「美琴」

「優斗は舞衣ちゃん以外の女友達でも、そうやって慰めるの？」

優斗は優しい。誰に対しても優しい。

でも、舞衣以外の女性にはきちんと一線を引く。それは施設でボランティアをしている時の彼の対応を見てわかっていた。専門学校生の女の子に告白されても誘われても、子どもたちと一緒に遊ぶ中で距離が近づいてもきちんと対応していた。

舞衣がすがりつくだけならまだ許せる。

でもあの画像の彼は、舞衣の背中に腕を回しきつく抱きしめていた。だからあんな悪質なコメントが並んだのだ。

「美琴、俺は！」

「それに――就職先も一緒だって、どうして言ってくれなかったの？」

ＳＮＳで流れていたそれを見た時に、美琴の中でぷつりと糸が切れた。

大学を卒業し社会に出れば、おのずと人間関係も変わっていく。おそらく彼らの関係だって今までとは違うものになるはずだ。距離だって開くだろう。

そんな淡い期待が打ち砕かれた。

「それは、俺も知らなかった！　舞衣が就職先をどこにするか悩んでいたのは知っていた。でもどうするかは彼女が選ぶことで、俺が口出しするようなことじゃない。だから……」

確かに、優斗は早々に内定が決まっていた。舞衣が同じ会社に採用されたのも偶然だろう。

とはいえ、もし舞衣がいくつか決まっていた企業の中から選んだのだとしたら、優斗がいたからという理由だった可能性が高いではないか。

「舞衣ちゃんは優斗を追いかけてきたんでしょう？」

「それは……俺にはわからない」

本当に航星の件で呼び出された？　どうして抱きしめる必要があった？

これから先、何度彼らの関係を疑うことになるのだろう。

そのたびに心は引き裂かれそうになるのに。

「舞衣ちゃんは、本当は優斗が好きなんじゃないの？　浅井くんがいるから身を引いただけで、優斗だって本当は舞衣ちゃんが好きなんじゃないの？」

「違う！」

優斗が即座に否定する。

「俺が好きなのは美琴だ。舞衣はただの幼馴染《おさななじみ》でしかない」

そう言われて嬉しかった。

でも、美琴はもうその言葉を信じるだけの力がない。

「ただの幼馴染《おさななじみ》だと思っているのは優斗だけでしょう？　優斗の周りの子は舞衣ちゃんが『特別』だって知っている。舞衣ちゃん自身だってわかっている。私もずっと――優斗は私より舞衣ちゃんが大事なんだろうなって思っていた」

溜め込んでいた言葉たちが、勝手にあふれだす。

両手で口を押さえても、激しい感情が濁流のように押し寄せてくる。

「待って、美琴」

「優斗がどんなに言葉で否定しても、信じられないよ。だって、優斗の心にはいつもあの子がいるもの」

ぶわっと涙が零れた。美琴は、とんとんっと優斗の心臓のある場所を叩く。

「それは違う」

苦しそうな表情で優斗が首を横に振る。

「俺が好きなのは美琴だ」

「優斗はそう言い聞かせているだけ。私が好き、私が彼女。舞衣ちゃんは幼馴染《おさななじみ》って」

優斗に好かれていないとは思わない。でも好意に比重があるとすれば、それは極端に舞衣に偏《かたよ》っている。付き合ってきた期間で、すでに美琴はそれを思い知らされている。

だからもう一度、とんとんっと叩いた。

優斗の心に美琴もいるだろう。でもその奥に、優斗が意識しないよう隠した場所に舞衣がいる。

「だって、優斗は舞衣ちゃんが浅井くんと別れたら——きっと彼女を一人にはできない」

ぴくり、と優斗の体が震えた。

ほら、それが答え。

ずっとそばにいたから、気づかざるを得なかった。

優斗が舞衣に向ける視線。話しかける時の声音。見せるほほ笑み。

視界の端に常に舞衣の存在を意識する。いつでも手を伸ばして支えられるように。

でも、近づきすぎないように、彼は細心の注意を払う。

舞衣を抱きしめないように止まる手。触れられても拒まないように硬くなる体。舞衣が『優斗』と呼ぶ時に小さく動く耳。優斗が意識せずとも、彼は舞衣を守る仕草を常にする。

そんな彼が、舞衣を強く抱きしめていた——あの画像には、堪《こら》えきれず零れ落ちた彼の気持ちがあるような気がした。

「そんなことない。俺は――」

その時、優斗の言葉を遮《さえぎ》るようにスマートフォンの振動音が響く。優斗は画面に目を向けて、視線をふせた。

「舞衣ちゃんから？」

「……美琴」

「わかるよ。舞衣ちゃんからの電話があると、優斗の表情が違うもの」

美琴は泣きながら笑みを浮かべた。優斗の目が戸惑うように揺れる。

「優斗、出たら？　緊急なんじゃないの？」

「ごめん！」

美琴の反応を気にしながらも優斗は電話に出た。彼の意識はすぐに美琴ではなく舞衣を向く。きっともう、こんな優斗を見るのは耐えられない。これから先も続く彼らの関係を見守ることはできない。

「舞衣！　待って。今どこだ？　一人で出歩くなってあれほど言ったのに！」

舞衣はどこかに行こうとしているのだろうか。夕方も間近、こんな騒動の最中に外に飛び出すなんて危険だ。

「舞衣！　一人では危険だ！」

優斗が焦ったように声を上げて、すぐに車の鍵を手にした。そして美琴を見る。

どちらを優先すべきか悩んだのは、おそらく一瞬。

「すぐに行くから！　そこを動くな」

舞衣に短く命じて、優斗は通話を終える。

「美琴……今度ゆっくり話をしよう。美琴の誤解とか不安とかを解消したい。でも今は、舞衣の身の安全を優先しないと」

「美琴」

美琴はゆっくりと首を横に振った。

視界が涙でぼやける。優斗の焦燥に満ちた顔が歪む。

「いいよ、行って。でも行ったら、私は優斗とは別れる」

「美琴」

こんな状況で口に出すべきではないことは、頭ではわかっていた。

卑怯な脅しで、最低な別れの切り出し方であることも。

自分の醜い感情を追い払いたいのに、もうそんな力さえない。

「優斗、別れよう」

「美琴！　待って！　今はそんな結論を出さないでくれ」

再びスマートフォンが振動する。優斗は苛立《いらだ》たしげに電話に出る。聞こえてくるのは男性の声。

「航星……ああ、わかっている。俺が行くから」

言いながら、美琴の涙を優しく拭《ぬぐ》ってくれた。優斗も泣きそうに表情を歪める。

「美琴、ここで待っていて。ちゃんと話そう。俺は美琴が好きだ。一番大事だ。でも今は――」

(――舞衣を優先する)

その言葉を優斗が言ったかどうかわからなかった。幻聴だったのかもしれない。

ただ、翻《ひるがえ》る彼の背中が見えた。ドアが閉まる大きな音が聞こえた。

しんと静まり返った部屋で、美琴は膝からくずおれた。

ぽたぽたと涙が落ちて床を汚す。

優斗の言う通り、ちゃんと話し合うべきだ。こんな別れ話は一方的すぎる。

でも、もう優斗の言葉が心に響かない。

何度好きだと言われても信じられない。

就職してからも一緒にい続ける彼らの関係を、これ以上は受け入れられない。

「ごめん……優斗。もう無理だよ」

部屋を見渡せば、よく使ったコーヒーメーカーが目に入った。

淡い空色のカーテンに、二人で選んだクローバー柄のマグカップ。

リビングの一角に飾ってあるのはオレンジ色のバスケットボール。

涙があとからあとから頬を伝う。

好きなのに、今でも好きなのに――どうして信じきれないのか。

バッグの中からスマートフォンの音色が響いて、美琴はそれを手にした。

『美琴、こっちに無事着いたわ。新居は思ったより広くて快適よ』

母の優しい声音が胸に染みた。母は今日、義父の転勤先へ向かったのだが、無事に着いたようで安心する。

「お母さん……」

『美琴、どうしたの？　なにかあった？』

たった一言なのに、母は気づいてくれる。

「お母さん」

『美琴、泣いているの？』

「お母さん、私、私もそっちに行きたい。一人はやっぱり嫌」

美琴は母の質問に答えられないまま、ただしばらく泣いた。

泣いているうちに優斗が戻ってきてくれればという思いを抱きながら、部屋で待つ。でも、深夜をすぎても朝になっても優斗は戻らなかった。だから、美琴は彼の部屋を出て鍵をポストに入れた。

舞衣と一緒にいるだろう彼を、これ以上想像したくなかった。

そうして美琴は、様子がおかしいことを心配した義父の手はずにより、卒業式にも出ないままほぼ身一つで日本を離れたのだった。

第二章　二人の再会――そして

長期滞在フロアを出てエレベーター前のスペースまで来ると、美琴はそっと息を吐いた。

優斗との再会にあれだけ身構えていたのに、彼は美琴を下の名前で呼びはしても、客とスタッフの距離を超えて接してくることはなかった。

（ちょっと自意識過剰だったかな……）

「大丈夫か、美琴」

背後から貴之が声をかけてくる。

優斗に部屋の説明をしている間も、貴之は備品やＷｉ－Ｆｉの確認を理由に室内にいてくれた。そのおかげで、あまり狼狽《うろた》えずに対応できた気もする。

「加地さん、ありがとうございました。でも、大丈夫です。なんか思ったよりあっさりでしたね。身構えて損したかも」

「下の名前で呼んでいたのに……あっさり、ね」

「それは、昔の癖ですよ」

憮然とした表情をしつつ首をひねる貴之に、美琴は淡々と答えた。

専属コンシェルジュとして指名された時は、どんな意図が隠れているのか戦々恐々としていた。

下の名前で呼ばれた時は、懐かしさに思わずどきっとした。

けれど、彼がプライベートな話題を振ることはなかった。

それもそうだ。

美琴と別れて六年の間、恋人だっていただろうし、現在進行形でいないとも限らない。SNSで調べた時には未婚だと書いてあったけれど、それだってどこまで真実か。

美琴は息子の存在があるから、どうしても優斗を意識せざるを得ない部分があった。

だが、彼にとっては美琴などたいした相手でもない、とっくに過去の存在だったに違いない。

それに——きっと今でも彼女との繋《つな》がりは、絶たれていないはず。

「でもまあ、いい男だったな」

貴之がにやりと笑い、「でも俺には劣るかな」などと続ける。

優斗は大学時代から素敵な男性だった。幾度《いくど》となく好きだと感じる瞬間があった。だからこそ、彼女の存在が疎《うと》ましく妬《ねた》ましかった。

そんな負の感情に疲れた自分を、美琴は昨日のことのように思い出す。

「そうですね！　加地さんのほうがいい男です」

「嘘くさい言い方だな」

貴之がこんな冗談を口にする時は、美琴の気分を変えようとしてくれている時だ。だから美琴は、大丈夫だという風に笑ってみせた。

「もっといい男を知っていますから」

真のことを言っているのだと、貴之にはすぐにわかったようだ。じとっと睨みつけてくる。

優斗はあの頃よりもずっと精悍《せいかん》になって、さらに大人の落ち着きと自信を身に着けていた。もしずっと彼のそばにいたら、変化していく様《さま》を見られたのかもしれない。

でも、美琴はその代わりに、真の成長を見ることができた。そしてこれからも見続けることができる。

自分一人だけの宝物として。

＊＊＊

ホテルでの滞在中の注意事項を最後に述べると、美琴は『なにかご質問はございませんか？』と落ち着いた口調で問うた。

聞きたいことは山ほどあったはずなのに、それを聞ける状況でもなく、優斗は首を横に振るしかなかった。

ぱたんと閉まった扉の前から、優斗はしばらくの間動けなかった。

『おまえの元カノ――芹澤美琴だっけ？　この間オープンしたばかりのホテルで見かけた』

航星からの素っ気ないメッセージを目にして、優斗は時差も気にせず彼に電話をかけた。幸い、日本が早朝だったからか、忙しい航星が珍しくすぐに捕まった。そして彼女がホテルスタッフの格好をしていたという情報を仕入れたのだ。

それからは、無我夢中だった。

優斗の今の活動拠点はアメリカだ。請け負っている仕事もたくさんある。けれど共同経営者であるマイクに無理を言ってスケジュールを調整し、検討中だった日本での仕事をすることを条件に、二か月の日本滞在の機会をもぎ取った。

さらに調べてみれば、彼女の勤務するホテルは長期滞在フロアを設《もう》けていた。だから多少強引な条件をつけて、滞在契約の交渉をしたのだ。

マイクからは何度も『一目見るだけじゃだめなのか?』『一週間休みをやるから、そこで会う機会をうかがえ』と言われ続けた。

航星からも『会いに行く意味なんかあるのか』と呆れられた。

それでも、優斗は己《おのれ》の行動を止められなかった。

いまだ震えのおさまらない自身の両手を見つめる。

今までの人生においても、これほど緊張したことなどない。買収相手との駆け引きの場でも、大事な契約の場面でも、優斗は緊張よりも興奮が勝るタイプだった。

けれど今、自分の指先は小さく震えている。

「本当に美琴だった……」

この目で見るまでは、信じることができなかった。

六年ぶりに会えた彼女は、化粧をして髪をまとめホテルの制服を着て、凛《りん》とした大人っぽさがあった。大学時代の控えめでおとなしそうな雰囲気は薄れ、少し緊張しながらもしっかりとした空気を身に纏《まと》っていた。

同時に、再会できて嬉しいといった様子もなければ、優斗の強引なやり方を責めたり軽蔑したりするような視線もなかった。

あくまでも客とスタッフとしての落ち着いた対応。

面影はあるのに見知らぬ女性のようで、それがお互いを隔《へだ》てていた時間を自覚させると同時に、自分たちの今の関係性を如実に表していた。

優斗はキッチンへ向かうと、冷蔵庫を開ける。そこからミネラルウォーターのペットボトルを手にするとキャップを開けて、勢いよく飲んだ。

『お好みの飲み物があれば、おっしゃってください。冷蔵庫にご用意いたしますので』

美琴の声を思い出す。さっきまでこの場にいたのが幻のようだ。

『待っていて』

そう伝えたのに、彼女はどこにもいなかった。

あの日のことを思い出すたびに、後悔に苛《さいな》まれた。

『いいよ、行って。でも行ったら、私は優斗とは別れる』

売り言葉に買い言葉みたいな雰囲気で出た台詞《せりふ》ならよかった。

けれど、その時の美琴は、ようやく口にできて安堵したような、なにもかもをあきらめきったような、やるせない表情をしていた。

責めたり怒ったり泣き叫んだり、美琴はこれまでそういう言動をあまりしなかった。覚悟を決めた上で言葉を紡いでいたのだろう。

だから多分、自分は美琴を失うかもしれないという予感はあった。

ドアが閉まる音が聞こえた時、舞衣など放っておいて戻るべきだと足を止めた。同時に、ここで美琴の望む通りにして、もし舞衣に危険が及んだらきっと彼女は後悔する。

そう必死に、己《おのれ》に言い聞かせて歩を進めた。


優斗が舞衣と航星に出会ったのは小学生の時だ。

公園横のバスケットコートでボールと戯《たわむ》れていたところに二人がやってきて、すでにバスケのクラブチームに入っていた彼らに教えてもらった。そして転校先の小学校で再会し、航星に誘われるままクラブチームに入ったのだ。

そこにはスタープレイヤーだった舞衣の兄もいて、かわいがってもらった。

中学校に上がると舞衣はバスケをやめ、兄に押し切られる形でクラブチームのマネージャー業を担《にな》った。

学校でもチームでも一緒、休日は練習試合で、彼らと長い時間をともに過ごす。内部進学可能な学校だったから受験のわずらわしさもなく、気心の知れた仲間との時間は楽しかった。

優斗にとって、航星も舞衣も彼女の兄も家族のようなものだった。

けれど、小学生までは男女関係なく仲が良かったのに、中学生に上がると途端に異性を意識し始める。小学校時代は一番小さかった優斗の身長がぐんと伸びて、航星とともに女子に騒がれるようになった。

舞衣も髪が伸びて、日焼けしていた肌も白く透き通り、女の子らしくなった。

自分たちは変わらないのに周囲の目が変わる。そして、無関係のくせに自分たちの仲に探りをいれてくる。

バスケの活躍を評価されて味方もできたけれど、目立つたびに敵も増えた。

特に舞衣はやっかみがひどく、同性から常に敵意を向けられていた。舞衣自身はそれをうまくかわしていたし、バスケ仲間もできるだけ彼女をフォローした。

特に抑止力になっていたのは舞衣の兄の存在だ。

けれど彼がバスケ留学で舞衣のそばから離れた途端、嫌がらせはエスカレートした。

そして、優斗と航星のファン両方に囲まれたあげく、舞衣は強く押されてバランスを崩して倒れ、頭を強く打つという大怪我を負った。

無事に退院はしたものの、舞衣は後遺症に苦しむことになった。特に天気が悪くなると頭痛と吐き気、眩暈《めまい》が襲うのだ。時には痛みで動けなくなるほど。

それまで元気で活発だった女の子は、この一件で運動も日常生活の一部も制限されるようになった。

直接的ではないにしろ、自分たちが原因の一端だ。

特に舞衣を好きだった航星は、余計に罪悪感を抱いた。優斗もまた大事な幼馴染《おさななじみ》を危険にさらしてしまったことを悔《く》やみ、それ以降常に舞衣のことを気にかけるようになったのだ。

お姫様を守る騎士二人だと周囲にからかわれても、優斗も航星も舞衣を守ることを最優先にする。

航星は舞衣を好きなくせに、怪我のきっかけになった自分は相応《ふさわ》しくないと、気持ちを抑えていた。

舞衣は舞衣で、航星に守られながらも幼馴染《おさななじみ》以上になれないことに傷ついていた。

優斗が海外留学したのは親族からの提案だったが、曖昧《あいまい》すぎる三人の関係性に終止符を打ちたい気持ちもあった。

いつまでも三人仲良くはできない。

実際、優斗が離れたことで、舞衣と航星はようやく交際し始めた。

ただ、順調とはいかなかった。

特に航星が医学部受験を決めた時、舞衣は彼が夢をあきらめたのは自分のせいだと己《おのれ》を責めた。

航星は幼少期から星が好きで、将来宇宙関係の仕事につきたいとずっと頑張っていたからだ。

大学が別々になったこともネックだった。

航星の大学では舞衣の存在を知らない女子が多かったし、知っていても意に介さない者もいた。

そんな中、二人の交際のきっかけに気づいていた小中高の同級生の手によって、都合よく捻じ曲げられた噂が広がりだす。

航星は舞衣の怪我に責任を感じて付き合っているだけだとか、舞衣は自分の怪我を利用して航星を縛り付けているとか、そういった内容だ。

久しぶりに日本に戻ってきた優斗は、結局二人の危うい関係に巻き込まれた。

だから美琴と付き合い始めた時、絶対に舞衣のような目には遭わせないと誓った。

幸い、美琴も騒がれたくないようで、優斗との交際を秘密にすることに素直に応じてくれた。

航星と舞衣の二人には偶然知られたけれど、それはそれで舞衣が幼馴染《おさななじみ》であると紹介できた。舞衣について、美琴が誤解することもない。優斗はそうすることで、美琴を守れていると思い込んでいた。

だから気づかなかったのだ。

SNSで舞衣の個人情報がさらされ、誹謗中傷される事件が起きるまで。

美琴が優斗の気持ちを疑うほど、舞衣の存在を気にして不安がっていたことを。

優斗はあの日、舞衣の身の安全を優先した。

優斗が間に合わなければ、舞衣は階段から落ちて大怪我を負っていた。だから結果だけを見れば、自分の選択は間違いではなかっただろう。

舞衣を庇《かば》って怪我をした優斗が病院で目を覚ました時、そばにいたのは舞衣と航星だった。

二日間意識がなかったらしく、舞衣は大号泣だった。航星も事後処理に追われたため疲労困憊《ひろうこんぱい》といった顔をしていた。いろいろな伝手《つて》を頼って、当然親まで巻き込んでなんとか解決へ導いた。

全治一か月の怪我を負った優斗は、大学の卒業式も就職予定だった会社の入社式も欠席した。

舞衣も精神的に追いつめられて内定を辞退し、しばらくは実家で静養することになった。

航星は大学に戻った。

「美琴ちゃんと連絡がとれないの」

そう聞かされたのは目覚めて二日後。

別れ話を切り出して泣いていた彼女を一人、部屋に置いていった。電話に出なくても仕方がない。

優斗が大怪我を負ったことは大学内でも広まっていたから、美琴も知っているはずだ。

それでもお見舞いに顔を出さないのは、つまりそういうことなのだろう。

舞衣があまりに気にするので、少し前に別れていたことを伝えた。

寮を出た美琴がどこへ引っ越したのかはわからない。でも就職先は知っている。

怪我が治ったら会いに行こう。そして誠心誠意謝ろう。

もう一度話をして彼女の誤解を解いて、もう不安にさせないと、大事なのは美琴なのだと伝えれば、優しい彼女はきっとわかってくれる。

それがどれほど楽観的な考えだったか、優斗はのちに思い知らされる。

『スマートフォンは解約されている。内定は辞退。荷物は一度トランクルームに預けられたようだけど、引き取ったあとは不明』

美琴の足取りは一切不明だった。

これまで帰省していた先にもいない。彼女の両親は海外転勤が決まったと聞いていたが、それについていったのだとしたら行き先など知りようがない。

優斗の住んでいた部屋は、入院中に家族が退去手続きを終えていた。

実家の自室に置かれた荷物の段ボール箱の中に、二人で使っていたマグカップと、一緒に選んだ空色のカーテンがあった。

『おまえ、あの子にそんなに本気だったの？』

美琴を捜し、見つけられずに落胆する優斗に、航星が聞いた。

『当たり前だ』

暗にそうは見えなかったとでも言いたいのか。

確かに高校生の頃までは、来る者拒まず去る者追わずのいい加減な付き合いをしていた。その自覚もある。特定の恋人を作らないことで、舞衣のように誰かに傷つけられる存在を作りたくなかったからだ。

だから美琴と付き合い始めた時、その存在を誰にも知られたくなかった。彼女だけは、絶対に守りたかったから。

『周囲に舞衣との仲を誤解されるほど、一緒にいたくせに？』

『おまえが舞衣を守ってくれって言ったからだろう！』

皮肉を返した航星に思わず反論する。

航星でさえ……優斗と舞衣の仲を疑ってぎくしゃくしたのだ。

美琴が誤解しても当然だったのに、彼女の不安に気づかないばかりか、なにも言わないのをいいことに甘え続けていたのだと自覚する。

舞衣を隠れ蓑《みの》にすれば、美琴の存在は知られずに済む、そんな打算もきっとあった。それで美琴を守れていると思った。

そんな卑怯なやり方が、結果的に彼女を傷つけてきた。

そのことに失って初めて気づいた――


優斗はソファに腰を下ろすと、二か月間滞在する部屋を見回した。

部屋の内装について希望を聞かれたが、全面的に任せた。まるで自分が整えた部屋のように居心地がいいのは、美琴が選んでくれたからかもしれない。

こんな契約までして、マイクに散々迷惑をかけてまで自分らしくない行動を取った。

「俺はなにがしたかったんだろうな……」

再会を喜ぶ姿を見たかったのか。

今までどこにいてなにをしていたのか、近況を聞きたかったのか。

あの日の彼女の真意を聞きだして、謝罪したかったのか。

だが、美琴にはそんな隙が一切なかった。

(なにもできなかった。言えなかった)

不意にスマートフォンが震えて、優斗は画面を見た。

『感動のご対面はどうだった？　感想聞かせろ』

こちらの状況を見ているかのようなタイミングのいいマイクからのメッセージに、優斗はため息をつく。

――『そこまでして日本に帰って、よりでも戻すつもりか？』

日本へ発つ直前、マイクにそう言われた時、反射的に違う！　と答えた。

ただ、あの日のことを謝って、そして彼女の元気で幸せそうな姿が見られればいいのだと、なにかを誤魔化すように理由を並べた。

——『だったら二か月も必要か？　三日とか一週間とかでよくないか？』

マイクの反論に『ついでに日本での仕事をこなすなら、二か月は必要だ』と言い張ったけれど。

『彼女には会えた。元気そうだった』

無視をするとうるさいことはわかっていたので、当たり障《さわ》りのない返事をする。

『満足したならいつでも戻って来い。日本での仕事は、こっちでもできるぞー』

マイクの言う通りだ。

最初こそ現地に行く必要があっても、あとはオンラインでもやりとり可能だ。

それでも。

（結婚指輪はしていなかった。でも恋人がいないとは限らない）

部屋の説明を受けている間、無意識にそんな確認をした。部屋まで案内してくれたマネージャーらしき男が、室内の備品のチェックを理由にそのまま居座り、美琴の様子をうかがっていたのは気になるが。

『満足したら戻る』

（そうだ。美琴が幸せかどうかは確認したい。それまでは戻らない）

奥底の本音を閉じ込めて、優斗はここにいる理由を無理やり捻《ひね》り出した。

＊　＊　＊

美琴は、優斗が長期滞在フロアの契約を希望したのは、他の利用者同様日本でのオフィス代わりとして使用するためだと思っていた。

だが、優斗はプライベートで借りたようだ。よって、必要最小限の人にしか滞在していることを知らせないし、もし誰かが訪ねてきても、決して答えないようにと言われた。

仕事関係者との打ち合わせに使う場合は、部屋ではなく共有スペースを使用するつもりらしい。そして今日も、ミーティングルームを使用したいという要望があったため、美琴はその準備をしていた。

優斗が日本で仕事をするにあたって、世話人のような人物はいるようだが、秘書などは置かず基本単独で動いている。

今回もミーティングルームの手配と、適当なお茶菓子と手土産《てみやげ》の準備を依頼された。こういう時、企業の秘書であれば、面談相手の情報に沿った用意が可能だろうが、ホテルスタッフとしてはどこまで聞いていいのか判断が難しい。

でも、優斗は先方の年代やおおまかな嗜好《しこう》、注意点を示してくれるからやりやすい。

ミーティングルーム内の室温を確認して出ると、ちょうど優斗が外出先から戻ってきたところだった。

「すまない。準備をありがとう」

「いえ、こちらでよろしいでしょうか？」

「ああ」

優斗はさっと室内に視線を走らせて確認した。

初夏にもかかわらず、彼は基本、三つ揃えのスーツを着ている。美琴は、冷たい水を入れたグラスを差し出した。

「どうぞ」

「ありがとう。助かるよ」

優斗はふわりとほほ笑んで、水を一気に飲み干した。

「オー、ミスタークロカワ。スーツアツソウデスネ」

共有スペース担当の男性スタッフが、顔馴染みになった優斗に気楽に声をかける。まだ日本語が苦手なスタッフだとわかっているから、優斗も敬語など気にせず、日本語の練習になるならと会話に付き合っているようだ。

「ジャパン、クールビズ？」

「ああ。まあノーネクタイでもいいんだろうけど、若さで侮《あなど》られないための鎧みたいなものだな」

「ヨロイ、オオ、ブショウ」

どうやら意味は通じたようだ。

美琴も、優斗が三つ揃えのスーツを着る理由を知って、彼なりの苦労を垣間見た気がした。

大学時代、彼は常に華やかな場の中心にいたけれど、そのために陰で努力する姿を見てきた。今もアメリカ仕込みの若き経営者として活躍しているが、おそらく様々な努力を続けているはずだ。

それでも、そんな姿を表には出さずに、落ち着きと穏やかさを失わない。

実際、ホテルスタッフの間での優斗の評判はいい。

企業トップでイケメンなのに、常に丁寧な言葉づかいで挨拶《あいさつ》を交わし、清掃スタッフなどの裏方にもお礼を述べる。

同じ長期滞在フロアの客とスタッフとの小さなトラブルを解決してくれたこともあり、今話しているスタッフも、彼に助けられたうちの一人だ。

一見、完璧すぎて近寄りがたい雰囲気があるのに、話をすればたちまち人を惹きつける。

それは今も昔も変わらない。

「申し訳ないけど、もうすぐ先方が来ると思うから、案内を頼む」

「はい、かしこまりました」

「ミコト、スマイル、スマイル」

この男性スタッフには、美琴が優斗にだけ対応がぎこちないことを見抜かれている。美琴は悔しく思いながらも、口角を上げて優斗の客を迎えにいった。

フロント近くに設《もう》けられたスタッフ用の休憩室は、一部がガラス張りで眼下の景色が見下ろせる。ようやく湿気も落ち着いていて、空の水色も明るさを取り戻していた。

こうして高層階で働いて過ごしていると、時々自分の足元が揺らいでいるような錯覚に陥《おちい》る。

いや、そんな感覚を抱いてしまうのは優斗と再会したせいかもしれない。

「その後どうだ？」

コーヒーカップを手にした貴之が、小さく問うてきた。

周囲を見れば、さっきまでいたスタッフもどうやら仕事に戻ったようだ。

「特に変わりないですよ」

なにについて聞かれているかはすぐにわかったので、美琴はそう答えた。

貴之は、いずれは優斗が美琴に個人的な接触をしてくるのではないかと思っているようだ。美琴も最初こそその可能性を考えていたけれど、そんな素振りを見せないので今はわからない。

「ふうん。変わりない、ね」

「彼は仕事のために来ただけですよ。私を指名したのは……ただの昔の誼《よしみ》でしょう」

「昔の誼《よしみ》、ね」

貴之は納得がいっていないような呟《つぶや》きを漏らす。

彼の警戒は、美琴を心配してのことだろう。けれどこれ以上、この件に触れられるのは居心地悪くて美琴は席を立った。

「私も仕事に戻りますね」

「美琴、なにかあったらすぐに言えよ」

貴之の気遣う言葉に、美琴は足を止めて振り返る。

「ええ、なにかあったら」

「……まあ、いい。お疲れ」

美琴はそれから、優斗に頼まれていたランドリーを取りに行って彼の部屋に運んだ。そしてキッチンカウンターの上を見る。

長期滞在フロアの客とのやりとりの方法は、客によって様々だ。優斗は急用時は電話をしてくるが、それ以外では基本的にはメモで残す。

冷蔵庫に常備してほしい飲食物や、必要な備品の手配、おおまかな予定なども、ホテルに備え付けのメモに書いてキッチンカウンターに置いていくのだ。

裏返しに置かれたその無造作なメモを、美琴は手にして確認する。

『今日は助かった。ありがとう』

指示ではない――お礼のメモ。

美琴にとっては仕事であり、当たり前のことをしているだけなのに、滞在初日から優斗はお礼の言葉を残していた。そこにたまに、さりげない独り言のような一言が記される。

『今日は暑くて疲れたから、部屋が涼しくて気持ち良かった』

『手配してくれた手土産《てみやげ》、先方が喜んでいた』

『頼み忘れていたのに、気づいてくれてありがとう』

彼の手書きの文字を見た時、なんとも言えない感情が生まれて戸惑った。

美琴の部屋の机の引き出しには、なぜか捨てることのできない彼のメモが何枚も入っている。

『冷蔵庫内のＢＯＸは美琴に。不要だったら処分して』

お礼の言葉に続く内容を不思議に思いつつ、美琴は冷蔵庫を開けた。白い小さな箱が中にあって、三つのカラフルなマカロンが入っていた。

こういうやりとりは、貴之の言う「なにか」にあたるのだろうか。よくわからなくて美琴は貴之には言えずにいる。

マカロンは美琴の好きなお菓子だ。

優斗は甘いものが苦手だった。美琴が甘いものを食べていると、味見だけはさせてと言って——キスをしてきた。

そんなことを思い出した自分に、美琴は一人で勝手に赤くなる。

頼まれる飲み物の銘柄は、昔から彼が好んで飲んでいたもの。学生時代からスーツのシャツはいつも白を選んでいて、それは今も変わらない。素材や織り方で白いシャツでもいろいろな表情があるのが好きだと言っていた。

書斎のデスクの上の文房具も、優斗のお気に入りのものばかり。

過去と変わらない部分を見つけるたびに、とっくに忘れていると思っていた感情がさざ波のように揺れ動く。

嫌いになったから別れたわけではない。

優斗の舞衣への言動に、美琴が勝手に苛立《いらだ》って、傷ついて、そんな醜い嫉妬塗《まみ》れの自分に耐えられなくなっただけの話。

「なんで今さら、私の前に現れたの？」

過去の恋を思い出して感傷的になどなりたくはなかった。

——不要であれば処分を。

そんな一言があったせいで、美琴はそのマカロンを引き取るしかなかった。優斗には、お礼の言葉と今後このようなことはしないでほしいといった内容をやんわりと書いたメモを残した。

優斗は出先でよく手土産《てみやげ》をもらうのか、『申し訳ないけど苦手だから……』と言っては、ホテルスタッフに渡すことがある。だからこれもその一環なのだろうと思う。

たまたま、美琴の好きなマカロンで、数が少ないから美琴宛てに残しただけで。

『ママー』

「真！」

ここ数日、定時での連絡ができていなかったから、こうして真とゆっくりおしゃべりできるのは久しぶりだ。

真は一週間のサマーキャンプに参加していた。テントを張った、バーベキューをした、川下りに挑戦したなどと興奮気味に話してくれる。

「楽しかったならよかったね」

『うん！　また来年も行きたい！』

少し日焼けしたのもあって、なんだか真が逞《たくま》しくなったように見える。そして優斗と再会したせいか、彼に似た部分がやけに目につくようになった。

元々目元は自分似ではないとは思っていたが、改めて見ると優斗にそっくりだ。

今度の週末は、一緒にサマーキャンプに参加した近所のお友達の家族とお泊まりキャンプをすることになったらしい。『お友達のパパがね、いろいろ知っていて教えてくれるんだって』と、またキャンプできるのが楽しみなようだ。

——パパがね。

真にその言葉を言われると、美琴はいつもドキッとする。

真から直接、どうして父親がいないのかと聞かれたことはない。おそらく美琴の両親がうまく説明しているのだと思う。

美琴はそれに甘えて、あえてその話題を避けてきた。

(生まれた時は私に似ていたのにな……今は、優斗に似てきたのかも)

スマートフォンの画面上でにこにこと笑う真を見ながら、いつの間にか美琴は優斗に似た部分を数えていた。

真の父親に、自分だけが会っている罪悪感がある。

息子の存在を知らない優斗に対しても。

いつものように『ママに会いたい』『ママも会いたいよ』『おやすみ』と挨拶《あいさつ》をして名残惜しく通話を終えた。

それからしばらくして就寝準備でもしようと思った頃、部屋の内線が鳴った。

頭痛薬を持っていないか、という同僚の問い合わせだったのだが、客ではなく本人がそれを必要としているらしい。

美琴は最初に叩き込んだ、この周辺のドラッグストアを思い出しながら閉店時間をスマートフォンで検索する。すると、駅を挟んだ通りに遅くまでやっている店舗を見つけた。

美琴は自分も常備薬が切れかかっているのを思い出して、お遣いを申し出たのだった。


ホテル周辺は明るいのに、駅を挟んだ反対側はオフィス街のせいか人が少ない。美琴自身も、休みの日に買い物へ出かける程度なので、夜も遅いこんな時間帯に出歩いたことはなかった。

(思ったより、薄暗い)

ホテルの宿泊客の問い合わせに答えるために、昼間にいろいろな店舗を確認していたが、この時間帯の周辺の様子までは気にかけていなかった。

いくら安全神話が謳《うた》われる日本でも、残念ながら昨今の治安は絶対とは言えない。それもあって、特に海外からの客には、深夜にあまり出歩かないよう注意喚起している。

美琴は少し緊張しながらも、なんとかドラッグストアで目当ての物を購入した。

日本語が不自由だと、こういった薬を買うのは難しいだろうなと改めて思う。

店を出てしばらくして、美琴は「あの」と声をかけられた。

振り返れば、いつの間にか数人の男性に囲まれている。

声をかけてきた男性自身に派手さはなく、むしろ気弱そうに見えたが、一緒にいる男性たちは酔っているのか、にやにやして美琴を見ていた。

嫌な雰囲気だ。

周囲を見回しても、歩いている人は見当たらなかった。

いつもはバッグに入れている防犯ブザーも、スマートフォンとカードだけを手にして出てきたので持っていない。

気弱そうな男性は、自分のスマートフォンの画面を見せて「この場所へ行きたいんですが」と地図アプリを示す。

美琴は激しく動揺しながらも、怯《おび》えを見せないようにした。

今はまだ道を聞かれているだけだ。美琴は首を横に振って、自分もわからないので交番に行ってはどうかと答えようとした。その時――

「駅の近くに交番がありますよ。そちらで聞かれてはどうですか？」

美琴が言おうとした台詞《せりふ》を、艶《つや》のある男性の声が紡いだ。同時に美琴の腕を引いて、守るように抱き寄せる。

驚いて顔を上げれば、優しく笑みを浮かべる優斗の姿があった。その瞬間ほっと気が緩《ゆる》む。

「美琴、一人で出歩くのはだめだって教えただろう？」

耳元で囁《ささや》かれた台詞《せりふ》は窘《たしな》める内容でも、その声音は美琴にはなぜかとても甘く響いた。美琴を見つめる眼差しにも、大丈夫だと安心させる光が宿る。

優斗が視線を周囲の男性たちに向けると、彼らが怯《ひる》むのが気配でわかった。

「わ、わかりました。交番で聞いてみます」

気弱そうな男性はそう言うと、焦ったように連れの男性たちを促《うなが》して歩き出した。

優斗は美琴の肩を抱く手に力をこめ、彼らの姿が見えなくなるまで見据えている。

美琴の心臓は、別の意味でどくどくと激しく音を鳴らしていた。

男性に取り囲まれた時、本能的な恐怖を覚えた。こんな時間に一人で出歩いたことを後悔した。

どうやって乗り切ればいいか不安だった。

けれど、肩を抱く手が、触れる体温が、少し速い息遣いが、それらを一瞬で消し去ったのだ。

「美琴！　こんな時間に一人で出歩くなんてどうかしている！　君はホテルの客にはそう注意しているくせに、自分で破ってどうするんだ！」

強い口調で言われて、美琴はびくっと震えた。

すると優斗がはっとしたように、美琴の顔をのぞきこんだ。

「大声を出して悪かった。怖かったな」

「あ……」

ごめんなさいとか、ありがとうとか言いたかったのに、美琴の目からは涙が零れ落ちた。

こんなことで泣きたくなかった。そして怖かったから泣いているわけでもなかった。

優斗が、触れているから。

こんな風に守るように抱き寄せてくれるから。

「美琴、もう大丈夫だ」

優斗が美琴をそっと包み込むように抱きしめた。彼の腕の中にいることに違和感などなく、むしろ慣れ親しんだ感覚さえ蘇《よみがえ》る。

それは甘さと切なさを美琴にもたらした。

「美琴を見かけて、慌てて追いかけてきたんだけど、間に合わなくてごめん。怖い思いをさせてしまって」

ああ、だから彼の息がかすかに上がっていて、鼓動がこんなに速いのか。

夜遅くに出歩いている姿を見たからといって、追いかける必要なんてないのに。

「ゆ……くろ、川くんは悪くない。ごめんなさい。私が油断して」

「ドラッグストアに行ったのか？　どこか体調が悪い？」

美琴が手にした袋を見て、心配そうに優斗が問う。

「違う。私じゃなくて……同僚が」

「ああ、自分じゃなくて他人のためだったからか。でもこんな時間に一人で出歩くのはだめだ」

「ええ」

優斗が追いかけてくれたから、何事もなくて済んだ。

日本にいるから、自分は日本人だから大丈夫だと、危機意識が薄れていたのかもしれない。

「行き先はホテル？　それとも別の場所？　どっちにしても送る」

そう問われた瞬間、美琴は今自分がどこにいてなにをしていたのかを思い出し、我に返った。咄《とっ》嗟《さ》に優斗の腕の中から離れる。

「あっ……え、とホテルに戻ります。お客様に送っていただくなんて、そんな――」

自分たちの今の関係を思い出して、美琴は涙を乱暴に拭《ぬぐ》うと慌てて言葉遣いを改めた。

優斗に触れられて抱きしめられただけで……感覚が一気に過去に戻るなんて。

これまで必死に一定の距離を保っていたのに、呆気なく崩れ去ってしまった。

「客じゃない。今の俺は、大学時代の――同級生として君を心配しているだけだ」

追いかけたのも、ホテルまで送ると申し出たのも心から心配してのことだと、その声音や見つめる眼差しから伝わった。

美琴はそこから目をそらせない。

互いの視線が絡み合う。

ふと、手にしていたスマートフォンが震えて、美琴は現実に引き戻された。はやる鼓動を無視してメッセージを読む。同僚は他の人に薬をもらうことができたようで、『ごめんね、心配かけて』とあった。

「急ぐのなら送る」

「いえ、大丈夫だったようです。薬を持っていた人がいて、無事にもらえたらしくて」

「……そう。でもホテルには送るから」

戻る先は二人とも同じ場所だ。あんな場面を見られて大丈夫だと言い続けるのもおかしいだろう。

優斗も一歩も引かなそうな雰囲気だ。

「ありがとうございます」

美琴はお礼を述べて、優斗から少しだけ距離を空けてホテルへの道を歩いた。

こんな風に二人並んで歩く日が来るなど思いもしなかった。

時折、生温い風が二人の間を吹き抜ける。

昼間は人であふれている大通りは、夜はやはりどこかひっそりとしている。

駅へ近づくと交番が目に入った。交番に彼らがいるかどうか確認してみたが、誰もいなかった。

やはり道を聞いてきたのは、ただの口実だったのだろう。

もし、優斗が来なかったら……そう想像しかけてひやりとする。

「急いで戻らなくていいのなら、少し寄らないか？　走ったから喉が渇いている」

優斗が駅構内のコーヒーショップを示しながら、おもむろに切り出した。

確かに優斗の額《ひたい》には汗が浮かんでいる。

抱き寄せられた時の彼の息の荒さを思い出す。緊張の連続で、美琴の肌もしっとりと汗ばんでいた。

本当ならこんな個人的な申し出は、断るべきだ。けれど彼は、美琴を見かけて、わざわざ追いかけてきて守ってくれた。

「……助けていただいたお礼に、コーヒーをご馳走させてください」

迷った末に、言い訳めいた台詞《せりふ》が口をついて出る。

「お礼はいらない。その代わり、ホテルの外での敬語はなしにしてほしい」

「敬語？」

「美琴と普通にしゃべりたい」

優斗のささやかな希望に、美琴は戸惑いつつも頷いた。

瞬間、ふわりと優斗が嬉しそうにほほ笑む。

それは、大学時代と同じ、些細《ささい》なことで喜ぶ時の彼の表情。

大人になった彼の中に見知ったものを発見して、美琴の胸がぎゅっと締めつけられる。

抱きしめられた時から、懐かしさの余韻がまとわりついていて、美琴はそれをなかなか振り払うことができなかった。

＊＊＊

美琴は、雰囲気はやわらかいのにどこか頑なところがある。

大学時代に出会った当初、優斗なりにアプローチしていたのに、なかなか彼女には伝わらなかった。

ホテルに滞在し始めてからも、英語がコミュニケーションの中心だったためか、他のスタッフとは気楽に話せるようになったものの、当の美琴との距離は縮まらなかった。

最初は、美琴の姿を間近で見られるだけで満足だった。

大人になって、綺麗になって、しっかりと仕事をする彼女を見るのが新鮮で。

大学時代は児童養護施設でボランティアをしたり、保育実習に行ったりしていたから、美琴は子ども関係の仕事をするのだろうと、漠然と思っていたところがある。卒業後は、子ども関連の部署がある企業に就職予定だった。

だからホテルスタッフとして働いていたのは、優斗には想定外だった。実際にホテルに会いに行くまで信じられなかったのも、そのせいだ。

でも宿泊客の子どもに接する様子を見れば、ああ、美琴だと思った。

腰をかがめて目線を合わせて、穏やかな声のトーンで話しかける。子どもと一緒にわいわい騒ぐというよりは、子どもの言動をしっかり見て、安心させるのが上手だった。子どもたちも、なにかあれば美琴に相談事を持ちかけていた。

ホテルのスタッフたちとは気楽に話せるようになったとはいえ、美琴の個人情報を聞き出せるわけではない。だが、海外の客が多いホテルではまだ日本人の優斗は珍しいためか、英語ならと油断してかわされる噂話をいくつか拾うことはできた。

美琴が独身であること、ホテルのオープンのためだけの期間限定で日本にいること、そしてマネージャーの加地貴之と親しいこと。

貴之は日本人離れした体躯《たいく》と雰囲気を持った男だ。優斗よりも高い身長に、冷ややかさも漂《ただよ》う美貌。だが、ひとたび会話を交わせば、すっと心に入り込む親しみやすさがある。

三十代半ばで実質日本での責任者という立場にあることからも、その優秀さがわかる。

年齢とキャリアだけでも敵《かな》わないのに、優斗が美琴と過ごした以上の時間を彼らはともに過ごしたらしい。

――貴之が美琴をホテルに引っぱってきたんだ。日本にもね。

――あの二人は息の合ったコンビだ。

――プライベートでも親しいよ。

ホテルのスタッフは、当たり前のように彼らの関係を受け入れているようだ。

美琴のそばには、彼女を守る男がすでに存在する。

それを知って安堵すればよかったのに――優斗の胸に生じたのは、焦燥感と嫉妬心。

『そこまでして日本に戻って、よりでも戻すつもりか？』とマイクに冗談交じりに言われた時は、即座に否定した。

自分にとって都合のいい期待などしてはいけないと。

――『舞衣ちゃんは、本当は優斗が好きなんじゃないの？　浅井くんがいるから身を引いただけで、優斗だって本当は舞衣ちゃんが好きなんじゃないの？』

あの別れの日、美琴の口からその言葉が出るとは思っていなかった。

バスケ仲間からはよくそんな風にからかわれていた。

そして航星と舞衣の関係が不安定だったあの当時、優斗と美琴が交際しているのを知っていながら、航星にも同じ言葉で詰め寄られた。

けれど、優斗にとっては聞き飽きた台詞《せりふ》だ。

性別に関係なく、様々な人たちとともに活動していたから、男女の友情も成立すると思っていた。

舞衣は小学生の頃からの幼馴染《おさななじみ》だから、それより多少近しい存在なのは事実。

『特別』だと言われれば、確かに『特別』だ。

そして取り巻く噂話にも辟易《へきえき》していた。だから深く気にも留めなかった。

周囲にどれだけ誤解されても、美琴さえ信じてくれればいいのだと思っていたから。

今なら……皮肉なことに今なら、航星や美琴が抱いていたであろう不安がわかる。

好きな相手のそばに『特別』な関係の異性がいることが——様々な負の感情を植え付けることを。

貴之と美琴が親しいことは認めても、交際しているかどうかはスタッフも確信が持てないようだった。

でも、それも時間の問題——そんなニュアンスを台詞《せりふ》の端々から感じた。

優斗はこれまでのことを振り返りながら、目の前に座る美琴を見つめる。

彼女はコーヒーショップの奥まった席にぼんやりと座って、窓の外を眺めていた。

淡い水色のワンピースに白いカーディガン。いつもきちんとまとめている髪も今は無造作に下ろしている。ふわりと波打つ髪は脇のあたりまであって、長かったんだなと思った。

優斗は店員から受け取ったカップをテーブルに置いた。

「ありがとうございます」

美琴が軽く頭を下げてお礼を述べる。

「敬語はなしで」

美琴の向かいに座りながら、優斗は再度念押しした。美琴は困ったように眉尻を下げる。

彼女の性格を思えば、公私をきちんと分けたいだけなのかもしれない。けれど他人だと言わんばかりのその言葉遣いは、彼女との開いた距離を実感させられて、再会してからずっと優斗の心の重《お》石《もし》となっていた。

ホテルの外にいる時ぐらい言葉を崩してほしかった。

「……うん、わかった」

美琴は仕方なさそうに、ようやく口調を改める。

タクシーの中から美琴を見かけたのは偶然だった。

こんな時間に出歩くなんてという心配と、見間違いであればいいと期待しながら追いかけた。

男たちに囲まれた姿を見た時は、息が止まりそうだった。

優斗の背中は、走っただけではない汗でシャツが湿っている。

助けた時の美琴の顔色は真っ青だった。引き寄せた体は小さく震えていて、涙を零すのを見た瞬間思わず抱きしめた。

記憶と変わらないやわらかな肢体を腕の中に囲むと、美琴の存在を強く実感した。

すぐに離れたことを惜しく思ったほどに。

別れたあの日も、美琴は静かに涙を流した。だから優斗が夢に見る彼女はいつも泣き顔だ。

でも今はストローでカフェオレを飲んで、ほっとした表情を浮かべている。

ホテルスタッフとしてではない、素の彼女。

優斗がじっと見ていることに気づいて、美琴は戸惑ったように眼差しを揺らす。

けれど、その目にはちゃんと自分が映っている。

たったそれだけで、優斗の中に生まれてくる感情がある。

かわいい、愛しい、大事にしたい、守りたい――そばにいたい。

「ホテルへ戻ったあとは、自宅へ帰るのか？　それなら俺が送る」

「あ、ええと……私、ホテルに滞在しているんで――いるの。日本での仕事は期間限定だから」

美琴は、途中で敬語になりそうになりながらもちゃんと話してくれる。

「期間限定っていつまで？　今度はどこに？」

警戒されるかと思いつつも、優斗は矢継《やつ》ぎ早《ばや》に知りたいことを聞いた。

こんな風にプライベートで話す機会が今後あるかどうかわからない。こうして優斗の誘いにのってくれたのは、美琴が怖い目に遭って動揺していたからだ。それがわかっていたから、今を逃したくなかった。

(今までどこに？　あの男をどう思っている？　俺が入る余地はあるのか？)

美琴の居場所を知って、たまらず日本までやってきた時と同じ衝動がわき上がる。

どう言い訳しても、どんな言葉を並べても、本音で求めているものがなにか認めざるを得ない。

美琴の視界に映りたい。

彼女を抱きしめたい。

もう一度甘い声で、名前を呼ばれたい。

彼女の幸せを――他人任せにはしたくない。

幸せそうな姿を見れば満足するなんて嘘だ。

他の男の隣で幸せそうな姿を見たって、飢餓感がなくなることはない。

「今月いっぱいの予定。今度どこへ行くかは未定かな」

時間はあまり残されていない。しばらくしたら、また美琴を見失ってしまう。

「そういえば、マカロンありがとう……」

覚えていたんだね――と続きそうな口調。

美琴のことならなんでも覚えている。

お気に入りのお菓子、好きな色、苦手なもの――忘れたことなどない。この六年、彼女を忘れようとしてもできなかった。

捜しても見つからなくて、あきらめようとしたこともあった。

けれど、それでも常に思い出していた。

想像の中だけだった美琴を目の前にした途端、これまで見ない振りをしていた感情が急激にあふれてくる。

(俺は別れたくなかった。あの日待っていてほしかった。俺はずっと美琴のことが――)

「でも、ああいうことはもうしないで。そしてまた今夜のように私を見かけても――追いかけないで」

美琴の言葉に、優斗は息を呑んだ。

落ち着きを取り戻した美琴は、先ほどまでのやわらかな空気を消して、また見えないバリアを張っている。

さっきまで暑くてたまらなかったのに、優斗の背中がすっと冷えた。

閉じていた蓋《ふた》が開いて、美琴を求め始めた優斗の心が行き場を失う。なにかを言いたくて口を開いても、息を吐き出すことしかできない。

美琴は目をふせて、カフェオレを飲み続ける。

「それは無理だ」

美琴の視界にもう一度映るために、優斗はあえて拒んだ。

そして望んだとおり、怪訝な表情をした美琴と目が合う。

「俺の視界に美琴がいれば、俺は君しか見えなくなる。美琴が拒んでも、俺は追いかけるよ」

「ゆ……」

——優斗、と名前を呼びそうになったのだろう、美琴ははっとして口を閉じる。

『どうして』と戸惑いが表情に出ている。

過去、彼女に告白した時も、喜びよりも困惑が先に出ていた。

気を許し合っていると思っていたのに、好意は伝わっていると思っていたのに、そんな顔をされてショックだったことを思い出す。

(でも、あの時も今も嫌悪感は抱かれていない)

そして美琴も、あの頃ほど鈍感ではないはず。

なにより、美琴は困惑しながらも、優斗の真意を探るためか目をそらさずに見つめてくる。

どんな感情であれ——それが多少マイナスのものでも、彼女に意識してもらえるのであれば、今はそれでいい。

怯《おび》えと嫌悪さえなければ、行動を起こすのにためらいはない。

「ずっと美琴を捜していた。ようやく見つけて、衝動の赴《おもむ》くままに長期滞在契約までして君に会いに来た。俺はずっと美琴に対してだけは理性が働かない。今だって、こんな場所で言うことじゃないと思っている」

深夜の駅構内のコーヒーショップで、まばらとはいえ店内には人もいる。

美琴の目がさらに戸惑いに揺れる。

「俺は美琴が好きだ。よりを戻したいとか、過去を懐かしむとかじゃない。ただ、美琴が目の前にいると、好きだっていう感情があふれて抑えられなくなる。俺自身どうしようもないほど」

昔からそうだった。

美琴は自分たちの出会いを、児童養護施設での夏祭りの日だと思っているが本当は違う。

見かけたのは偶然だった。

施設横のバスケットコートで遊ぶ子どもたちの中に、一人だけ大人が混ざっていて目を引いた。

バスケは苦手なのか、小さな男の子によくボールをとられていたし、シュートも外していた。

「美琴ちゃんへただねー」とからかわれながらも、奮闘している彼女。

子どもたちに優しく声をかけ、ほがらかに笑い、下手でも手を抜くことなく一生懸命相手をする。

それを見て、子どもの頃純粋にバスケを楽しんでいた気持ちが蘇《よみがえ》った。

バスケがあったから、航星や舞衣のような仲間と出会うことができた。辛いことがあっても彼らの存在に支えられた。

その最初のきっかけをくれたのは――幼いころに施設で出会った少女。

記憶の中の少女と美琴の面影が重なった瞬間、優斗に襲い掛かった衝動。

後日、美琴が施設へボランティアとして訪問していることを知った。すぐに優斗もボランティア登録をして、夏祭りの日に手伝いとして参加した。

あくまでも自然に慎重に美琴との距離を縮めていく。同じ大学だと知った時は運命だと思った。戸惑いながらもゆっくりと受け入れてもらえるのが嬉しかった。

（俺にとっては美琴こそ『特別』だった）

でも、それがうまく伝わらなかった。

目の前にいる美琴の目が大きく見開かれる。

大人びた彼女に大学時代の面影を見出し、優斗は素の彼女を見られたことに笑みをもらした。

美琴の前では言い訳も理由も、いつも後づけ。

――ただもう一度、君と恋をしたい。

＊＊＊

ふわりともらした笑みが綺麗だと見惚れそうになった。いつだって、彼はほんの些細《ささい》な仕草で美琴の心を揺さぶり、視線を釘付けにする。

何度だって心臓が勝手に鼓動を速める。

「そろそろ出よう」

早々にお店から出るつもりで、甘いカフェオレはとっくに飲み終えていた。異論はないので、席を先に立った優斗の後をついて出る。

「外に出ると、やっぱり暑いな」

優斗がスーツの上着を脱いだ。そしてシャツの首元に広がる汗に気づく。

抱き寄せられた時の、かすかに上がっていた息を思い出した。

彼のおかげで助かったのに、見かけても追いかけてこないでなんて理不尽な台詞《せりふ》を吐いた。

それなのに——

短い一言一言が、重みをもって響く。

『捜した』『衝動』『理性が働かない』『よりを戻したいわけじゃない』

『美琴が好きだ』

優斗の放ったいくつもの言葉が、何度となく頭の中で繰り返される。

(え、と……私、告白された?)

でも目の前の彼は、そんな爆弾発言などなかったかのように自然体だ。

「美琴が今月いっぱいまでなら……あまり時間はないな」

優斗はぽつりと呟《つぶや》くと、美琴を振り返った。

「今度の君の休みの日、俺と一緒に『ひまわり園』に行かないか？」

『ひまわり園』は、美琴たちが出会った児童養護施設の名前だ。

大学の卒業式のあとに挨拶《あいさつ》に行くと伝えていながら、結局美琴はなにも言わずに日本を発った。施設の人たちに心配をかけただろうし、母も気にかけていた。けれど母は、美琴の意を汲んであえてなにもしなかった。

ずっと気になりながらも、不義理をした手前、訪問する勇気が出ない。

「私……」

「施設の人たちも美琴のことを気にかけていた。俺が訪問するといつも聞かれた。できれば元気な姿を見せてほしい」

駅構内を抜ければ、ホテルは道路を挟んだ向かいにある。優斗はわかっていたかのように裏口のほうへと足を進めた。

「連絡先を教えてもらいたいが、それはまだ無理だろう？　だからいつものようにメモで、待ち合わせ場所と時間は知らせる」

「私、行くなんて言ってない」

「決めるのは美琴だ。でも俺は君が来るまで待つ」

なんて強引なんだろう、と思う。確かに優斗には美琴の勤務シフトを知らせている。

今度の休みに予定を入れていたらどうするつもりなのか。

それでも彼はずっと待ち続けるつもりなのか。

優斗の仕事が忙しいだろうことは、美琴も察している。正直、優斗の仕事が休みの日があるかどうかわからないぐらいだ。

だから、もし貴重な休日があるのなら、来るかどうかわからない美琴を待つような無駄な時間を過ごしてほしくはない。

そう思うのに、行かないとも行くとも明確な返事ができなかった。

「美琴！」

ホテルのあるビルの裏口付近から、名前を呼ぶ声がした。

「あまりに帰りが遅いから心配した！　何度も連絡したんだぞ。こんな時間に一人で出かけるなんてどうかしている」

貴之が声を抑えながらも叱咤する。そして視線を美琴の隣に向けた。

美琴はなんとなくばつが悪くて、自分のスマートフォンに視線を落とす。貴之の言う通り、メッセージや通話の記録があった。

「黒川様……どうして」

優斗とのやりとりに夢中で、スマートフォンの存在をすっかり忘れていたのだ。

「こんな時間に出歩いている彼女を見かけたので、心配で追いかけたんです」

美琴は優斗の言葉に同意するように深く頷いた。

やましいことはなにもない。それに、貴之は過去の自分たちの関係を知っている。けれど、それでも客とスタッフがこんな風に二人で歩いているところを見られるのは好ましくないだろう。

「芹澤さん、お客様にご心配をおかけするのは――」

「申し訳ありません」

「客だから心配したのではありません。彼女が大事な人だから追いかけただけです」

この場はとりあえず謝って済ませたかったのに、優斗の意味深発言に美琴は目を丸くした。

貴之と優斗はなぜか無言で見つめ合っている。理由はわからないが、ただならぬ雰囲気にだらだらと冷や汗が流れそうだ。

「黒川様、私がお部屋までお送りいたします。芹澤さんは、自分の部屋に戻りなさい」

有無を言わせない迫力ある貴之の物言いに、美琴は「失礼いたします」と小さく言って、その場を逃げ出した。


翌日、休憩時間に入る直前に、美琴は予想通り貴之に呼び出された。

ミーティングルームに入ると、貴之は厳しい表情で美琴を見る。

美琴はあえてにこりとほほ笑んでみたものの、貴之の放つ空気は凍ったままだ。

「さて、説明してもらおうか」

テーブルに肘をついて手を組むと、貴之はその上に顎をのせた。

その顔は『いつの間に親しくなったのか』と雄弁に問いかけている。

あとで周囲から聞いたのだが、昨夜頭痛のひどかった同僚に薬を提供したのは貴之だった。そしてその同僚は、ドラッグストアに向かった美琴がまだ戻ってきていないので心配だと、貴之に零したらしい。

貴之は、最初こそそのうち戻るだろうと流したようだ。だが、薬を買って戻るだけにしては遅すぎる上、連絡をしても返事がなかったため、心配で探そうと出てきたところで美琴が戻ってきたのだという。

「薬を買いに行ったんです……それで、偶然――会いました」

美琴の端的な説明に、貴之は目を細めて口角を上げた。さらに部屋の温度が下がったような気がして、美琴は身震いする。

「『客だから心配したのではありません。彼女が大事な人だから追いかけただけです』――偶然会っただけで出てくる台詞《せりふ》とは思えないが」

普段なら低くていい声に聞こえるのに、今はとにかく怖い。美琴を見る目も『洗いざらい吐け、さもないと――』と語っている。

だからといって、ドラッグストアを出た後、変な男たちにからまれた上に優斗が助けてくれたなんて言ったら、ますます叱られそうだ。

コーヒーショップで話をしたことや、告白めいた台詞《せりふ》を言われたなんてことはなおさら言えない。

展開があまりにも早すぎて、美琴自身まだ理解できていないのだ。だから、優斗からの一緒に施設へ行こうという誘いにも返事ができていない。

今朝、彼の部屋を訪れた時、いつものようにキッチンカウンターにメモが置かれていた。そこには待ち合わせの日時と場所、そして優斗の連絡先が書いてあった。

「……私もまだ理解が追いついていないというか、整理がついていないというか、よくわからなくて」

「あいつはずっと君の隙をうかがっていたんだろう。興味のない振りをして、でも警戒心は抱かせないようにして、隙を狙って一気につく。さすがだな」

貴之の言葉を否定したくともできない。

『ずっと捜していた。会いに来た』と優斗自身が言ったのだ。貴之が懸念していた通りに。

「美琴」

「はいっ」

びくびくする美琴を見て、貴之はあからさまに大きく息を吐き出す。そうして今度は腕を組むと、仕方ないといった表情で美琴を眺める。

「彼は、おそらく俺と君の仲を疑っている」

「私と加地さんの仲？」

いきなり話題が跳んだ気がして、美琴は首をかしげる。

貴之はますます呆れたように眉根を寄せた。

「俺に対する警戒心、挑発的な態度、あからさまな牽制。昨夜の彼の言動はそういうことだ。なんていうか、君から聞いていた話とは随分違う印象だな。そして、たった一晩で君をそこまで変えるとは——」

ぴりっと、静電気が走ったかのように空気が刺さる。

貴之の目が、なにかを探るように美琴を貫《つらぬ》いた。

職場では上司、プライベートでは兄のような立ち位置で美琴に接する彼が、時折こういう視線を投げかけることがあった。

美琴はそのたびに、奇妙な緊張を覚えて落ち着かなくなったり、逃げ出したくなったりしてしまう。

「美琴、もし君があいつとよりを戻すつもりがないなら俺を利用しろ」

「……利用って？」

「さっきも言ったが、あいつは俺と君との仲を誤解しているようだ。それを利用して、あいつを拒めばいい。俺と付き合っているでも、結婚の約束をしているでもなんでもいい。あいつのアプローチを受け入れるつもりがないなら、それぐらいのことを言わないと……あれはしつこいぞ」

貴之は元々優斗のことを警戒していた。

けれど、あまり他者への好悪を露《あら》わにしない彼が、ここまではっきりと口にするのは珍しい。なにより、優斗の誤解を利用して嘘をつけなんて発言は彼らしくない。

「そんな嘘までつかなくても、大丈夫ですよ」

いつもと違う雰囲気を醸《かも》し出す貴之に、美琴はあえて朗《ほが》らかに言った。

いや、こんな風に『いつもと違う』なんて感じること自体が——おかしい。

貴之はじろりと無言で美琴を睨んだ後、「もう手遅れか……」と呟《つぶや》いた。そして、苛《いら》ついた感情を落ち着かせるように大きく息を吐き出す。

「本当に大丈夫なんだな」

貴之の念押しに、美琴はとりあえず頷く。

「まあ、いい。でも、手に負えなくなったら俺を頼れ」

「私、いつも加地さんを頼りにしていますよ」

むしろ、甘えすぎているぐらいだ。今だってこうして優斗の件で心配をかけている。大袈裟な嘘をついてまで美琴を守ろうとしてくれている。

「どうだか、な。あー、もういい。仕事に戻って」

「はい」

ミーティングルームを出て歩き出すと、見慣れてきた景色が目に入った。

宙に浮いたこの場所に、いつもどことなく不安定さを感じていた。でもそれは自分の心がいつまでも宙ぶらりんだったせいかもしれない。

不意に美琴はそう思う。

このまま、曖昧《あいまい》な態度で過去から逃げてばかりはいられない。

心配してくれる貴之のためにも、息子のためにも。

向き合わなければならない。

そして、優斗のために、自分のために。

＊　＊　＊

待ち合わせに指定された場所は、数日前に優斗とコーヒーを飲んだカフェの前だった。

ホテルにしなかったのは、おそらく優斗なりの配慮だろう。優斗と美琴が大学時代の同級生であることは、貴之より上の役職の人たちしか把握していない。

ホテルの女性スタッフにとって、優斗の肩書きと容姿は魅力的だ。特に日本人スタッフの中には、なんとかして優斗に近づこうと躍起になっている人もいるらしい。紳士的で穏やかな人柄に接すれば、なおさら惹かれるのもわかる。

自分で決めたこととはいえ、待ち合わせの場所に向かう美琴の足取りは重かった。

優斗の告白を受け、さらに貴之と話をしたことで、美琴は今まで目を背けてきた過去の自分を見つめ直した。

それは惨めで苦しい作業だった。

当時の己《おのれ》の心を深くまで掘り下げ、醜い部分を確かめていくのだから。

優斗のそばにいる舞衣の存在に耐えられなかったのは、ひとえに自分に自信がなかったから。

優斗の気持ちを疑ったのも、『特別』だという周囲の噂にのまれたから。

逃げ出すように別れたのは、これ以上醜い自分を直視できなくなったから。

その結果——自分は楽になったのだろうか、と自問自答した。

思いがけず妊娠がわかってからは、無我夢中で目の前のことに対処し続けてきた。

真から父親を奪い、自身はもう恋愛などできないとあきらめ、ただ周囲に甘え続けた。

『ずっと美琴を捜していた』

優斗はそう言った。

彼がどれほど心配して捜したかなんて、そんなこと思いもしなかった。

再会した彼のそばに、舞衣の存在は感じない。

舞衣と航星の関係は今でも続いて、すでに二人は結婚しているかもしれない。

だとすれば――あのまま耐え続けていれば、もしかしたら……

(そんなこと考えても無意味よね)

過去は変わらないし、戻れない。

だから、どんなにこのまま引き返したくても、それをしてはいけないのだろう。

「美琴」

顔を上げると、カフェの前に優斗が立っていた。

七分のカットソーに、カジュアルなパンツ姿は新鮮で、なおかつ大学時代の面影があった。

「来てくれて、ありがとう」

穏やかで優しい声。やっぱり美琴の心臓は勝手に跳ねて、泣きたい気持ちになる。

優斗が、心から安堵しているのがわかるから余計に。

「これは、もしかして子どもたちに?」

美琴が手にしている大きな紙袋に、優斗はさりげなく手を伸ばす。

久しぶりに施設に行くからには、お詫びも兼ねてなにかプレゼントを持っていきたかった。あの当時の子どもたちを思い出しながら、なにをもらって喜んでいたかを考えた。結局は、小さな子にはお菓子を、学齢期の子には文具のセットを準備したのだが。

あの頃施設にいた子どもたちは、まだいるだろうか。すっかり大きくなっているだろうし、施設を出た子もいるだろう。

真が生まれてあそこまで成長しているのだ、六年の変化は著《いちじる》しいはずだ。

「車をあっちに停めてある。行こう」

そう促《うなが》す優斗に、なにか言いたいのに言葉が出てこなくて、逃げ出したくてたまらないのに足は動かない。

プレゼントだけを渡すこともできる。施設へは改めて自分一人で行けばいい。

優斗とプライベートで過ごす時間が増えていけば、きっとその分だけ――

「美琴?」

戻れない、過去には戻れない。だから遅くとも歩みを進めるしかない。

美琴は強く頷くと、凍り付いていた足をなんとか動かした。


優斗の車は当然、大学時代のものとは違う。美琴は緊張しながら車の助手席に乗った。

大人になった優斗と自分。

過去と重なる部分と違う部分とを、無意識に探してしまう。

「施設……まだ行っていたのね」

個室内での沈黙が重くて、美琴はようやく言葉を発した。

行き先が『ひまわり園』でなければ、優斗の誘いには応じていなかったと思う。

就職すればどうしても忙しくなる。美琴自身も、そうして足が遠のいていくボランティアの人たちがいることは知っていた。まさか自分もそうなるとは、あの頃は思いもしなかったけれど。

「三か月から半年に一度のペースだけどね。日本に一時帰国した時は、できるだけ顔を出すようにしていた」

「そう……」

美琴よりよほど忙しいだろう彼が、定期的に施設を訪問していたことに素直に驚く。

「時々、美琴のことを聞かれた。俺は答えようがなくて困ったけど」

「それは、ごめんなさい」

消息不明になったも同然だったのだ、きっと施設の人たちも心配しただろう。それでも美琴がなにもしなかったのは、自分の行為の結果を自覚するのが苦しかったからだ。

車で通りすぎる景色は、施設に近づくごとに見慣れたものになる。この辺りは住宅街の端だから、数年経ってもあまり変化がないのかもしれない。

今日は晴れ間が広がり、街路樹の葉を太陽の光が優しく照らしている。

優斗は、施設から少し離れたパーキングに車を停めた。昔はなかったから、古い戸建ての跡地だろうか。

車をおりた優斗は、トランクから段ボール箱を取り出す。美琴同様、彼もプレゼントを準備していたようだ。

懐かしい風景を目にした美琴は、過ぎた時間を実感した。

「綺麗になってる」

「ああ、バスケットコートだろう？」

施設横のバスケットコートは、綺麗に整備されていた。

スリーポイントシュートを決めた優斗の綺麗なフォームが、鮮やかに蘇《よみがえ》る。子どもたちと一緒に駆け回ったことも。

ここにはあまりにも優斗との思い出が多い。

先に進む優斗の後ろ姿を、美琴は見つめた。

あの頃より広くなった背中、厚みのある肩、スタイルの良さは相変わらずで、それだけでも彼の魅力が伝わる。

（たぶん、あの瞬間。私が優斗に惹かれたのは――）

ボールを放つ背中だけで、美琴は恋に落ちた。

地面に落ちたボールの音は、その時の音とも言える。

施設を見れば、外壁塗装をしたのか綺麗になっていた。街並みにもしっかり溶け込んでいる。

懐かしい景色が次々に現れて、それだけで美琴の感情は揺れ動いた。

「あ、優斗くんだ」

優斗に気づいた子どもたちが彼の名前を呼ぶ。こうして大人になっても名前で呼ばれているのが、なんだかおかしい。

「おお、優兄が綺麗な彼女連れてる」

「えー、彼女！」

「えー、えー」

誰かの台詞《せりふ》から一気に騒ぎが広がって、門の付近であっという間に子どもたちに囲まれた。

「ほらほら、ちょっと危ない」

「あー、プレゼントだ」

「今日はなに？」

今度は優斗の手にした段ボール箱に夢中になる。年かさの男の子が優斗から段ボール箱を受け取って、子どもたちを室内に誘導した。

「優斗くん、久しぶりー、彼女って――え、もしかして美琴ちゃん？」

まさか自分を覚えている人がいるとは思わず、美琴は目の前の女の子を見た。

少し明るい髪色のボブ。ショートパンツからは綺麗な足がのぞいている。

「美琴ちゃん！　私、花音だよ」

よく勉強を教えていた花音だ。言われてみれば面影があるが、すっかり大人びていて成長を感じる。

「会えて嬉しい！」

はしゃいだ声をあげて、花音は抱き着いてきた。

「綺麗になったね、花音ちゃん」

「ふふ、ありがとう。美琴ちゃんも綺麗だよ」

「花音ちゃんいくつだっけ？」

「大学四年生になったの！」

改めて、それだけの年月が経ったのだと思った。

前を歩いていた優斗は、子どもたちに引きずられるようにして先に施設内へと入っていった。少しして、施設内から大きな歓声が聞こえてくる。優斗が持ってきた段ボール箱の中身に子どもたちが喜んでいるようだ。

あれだけ施設へ来ることに身構えていたのに、ここは昔と変わらず誰でもすんなり受け入れてくれる。閉鎖的にならざるを得ないこの場所を開放してきた施設の努力は、今も続いているようだ。

なにより、子どもたちのパワーはすごいと思った。

「びっくりした。まさか美琴ちゃんが優斗くんと一緒に来るなんて」

花音は、期待に満ちたきらきらした目で見てくる。この年齢の女の子たちがすぐに恋愛に結びつけるのは自然なことだ。

彼女の無邪気さが、美琴を容易に大学時代の感覚に引き戻す。

「彼とは久しぶりに会ったのよ。それで誘われただけ。花音ちゃんが思っているような関係じゃないから」

「ふうん、私はなにも言ってないよー。でも、美琴ちゃんに会えたのは本当に嬉しい。私ずっとお礼を言いたかったの」

美琴は首をかしげた。

「私、大学に進学したんだよ」

「うん」

それはさっき聞いた。花音は勉強を頑張っていたし、地域トップの公立校に進学するぐらい成績も優秀だった。

「美琴ちゃんが、勉強頑張れば大学に行けるって言ってくれたから、頑張ったの。奨学金もらって、生活費の援助もしてもらえた。あきらめずに頑張れたのは、美琴ちゃんが言ってくれたから。だから、ありがとう」

美琴は素直に驚いた。自分は何もしていない。受験前に勉強を教えただけ。無責任な慰めの言葉を吐いただけだ。

「それは花音ちゃんが頑張ったから」

「うん、私も頑張ったんだけどね、もちろん。でも嬉しかったんだよ。私たちみたいな施設出身の子は、大学進学なんて贅沢だと思っていたから、いくら勉強が好きで成績がよくても望んじゃいけない気がしていた」

早く自立して自活してほしい——施設側がそんなことを口にすることはないが、自己肯定感の低い子どもたちは自らを戒《いまし》めてそういった意識を持ってしまうのだろう。

「でも美琴ちゃんは、当たり前のように言ったでしょう。だから私もうだうだ考えずに頑張ったの。そして、それを優斗くんが支援してくれた」

「彼が？」

「うん。進学した子どもたちの生活費を支援するファンドっていうの？　それを設立して、寄付を募ってくれたの。そういうシステムを整えてくれた。私たちみたいな子どもが夢をあきらめずに済むように」

　定期的に施設を訪問していたのは車の中で聞いた。でも、そこまで深く関わって支援していると は思ってもみなかった。

　確かに、社会的に成功している彼の力なら可能だろう。だが、お金の問題だけではない。きっと様々な手続きが必要だったし、継続できるシステム作りも大変だったはずだ。

　考えてみれば、美琴はなぜ優斗が施設のボランティアを始めたのか、そのきっかけさえ知らない。

「私ね、一度優斗くんに聞いたことがあるの。どうして私たちにそこまでしてくれるの？　って。そうしたらね。『美琴が望んでいたからだ』って答えてくれた。だから私、美琴ちゃんに会ったらお礼を言いたかったんだよ」

　花音がにっこり笑って嬉しそうに言った。

　その目はやっぱりきらきらしている。彼女の目には自分たちの関係はどう映っているのだろうか。

（私が望んだ？　だからって……）

　優斗はどうして、そんなことを言ったのか。そんな些細《ささい》で曖昧《あいまい》なきっかけで支援を決めたのか。

　息苦しさを覚えながらも、美琴は六年ぶりに施設の中に足を踏み入れた。

施設の園長は新しい人に交代していたが、施設に長年勤めており、美琴も顔見知りの人が事務局長となっていた。

「まあ、美琴ちゃん！　会えて嬉しいわ」

いつも穏やかで子どもたちに優しく接していた人だ。嬉しそうな笑顔を見て、あったかい気持ちになる。

「長い間、ご無沙汰してしまいすみませんでした」

「いいの、いいの。でも、美琴ちゃん、急にいなくなったから心配していたの。よかったわ、元気そうで」

「挨拶《あいさつ》もできないまま、急に日本を離れることになってしまって。それから海外で暮らしていたんです」

「そうなのね、海外はどちら？」

美琴はこれ以上黙っているのも嘘をつくのも心苦しくて、素直に答えた。

優斗が持ってきた段ボール箱の中身はおもちゃだったらしく、美琴が持ってきたお菓子や文房具とあわせて、子どもたちは大はしゃぎして喜んでいる。

小さな子どもの無邪気な笑顔に、真を思い出して会いたくなった。

同時に、施設に対して不義理をしていた時間に悔《く》いも覚える。

施設を出た子どもたちの中には、花音のようにボランティアとして関わっている子が何人かいるらしい。事務局長の口から、懐かしい名前がいくつも出てくる。この子は今どうしている、あの子はどうなったなどの話を聞くのは楽しかった。

「あの、花音ちゃんに聞いたんですけど、黒川くんが支援しているって」

事務室となっているオープンスペースでお茶をいただきながら、美琴はさりげなく切り出した。

「そうなの。優斗くん自分で会社を興《おこ》したでしょう？　それで施設を出た十八歳以上の子どもたちのサポートをしたいって言ってくれて。生活費とか住む場所の手配とか、なにかあった時の相談窓口とか、少しずつ形にしていってくれたの」

あの頃、確かに優斗とはそういう話をしたことがあった。

ボランティアでの活動だけでは限界があることに気づき、こんな支援があったらいいと夢物語のように語り合った日々を思い出す。

支援は継続性が重要だ。そのためにもシステム構築と資金の調達が要《かなめ》だという話は、優斗もよくしていた。

(思い描いていたものを現実にしたのね)

優斗は大学時代、様々な活動を同時進行でやっていて常に忙しそうだった。会えない時も多かったけれど、なんでも挑戦するところや、実行する行動力、真面目に誠実に取り組む姿勢を尊敬していた。

「美琴ちゃんは今、なにをしているの？」

「私は、東南アジアのリゾート企業に勤めています。今は日本に新規開業したホテルの開業支援を担当していて、そのために日本に一時帰国しているんです」

美琴はスマートフォンを操作して、ホテルのサイトを見せた。

「まあ、素敵なホテルね」

「はい」

「ホテルマンってやつ？　意外〜。美琴ちゃん保育実習とか行っていたから、そっち方面に進むんだと思っていた」

子どもたちと遊んでいた花音がそばにやってくる。

「最初はそうだった。そのリゾート企業で、日本での託児所みたいなところで働いていたの」

美琴は最初からホテル勤務だったわけではない。

ホテル内の託児施設でシッターのような仕事をしていた。それを紹介してくれたのが貴之だ。

真を預けながら働く場所を探していた時、美琴が保育士の資格を持っていることを知った彼が、だったら自分の子どもも預けてそこで働けばいいと言ってくれたのだ。

ホテル内の託児施設は、宿泊客の子どもだけではなく従業員の子どもも預かっている。

資格があり、英語と日本語ができる美琴は重宝された。

そんな時、ホテル業務で人手が足りないからと手伝いをしていたら、なぜかそのままアシスタントのような仕事を任されるようになった。

そしてホテル研修を受け直して、シッターとしてではなくホテル従業員として正式に採用されたのだ。

「今は開業準備の担当だけど、次に異動する時はまた違う仕事をしているかもしれないの」

一旦は現地に戻るが、他の国でも開業予定があるため先が読めない。異動希望は極力聞いてくれるから、真と両親と相談しながら決めるつもりだ。

就職活動中だという花音は、真剣に美琴の話を聞いていた。

「すごいなあ」

「だから仕事って、最初からゴールを決める必要はないんだと思う。予想もしない仕事に就いても、意外とそれが自分に合っていたりもする。目の前のことをひとつひとつこなしていくうちに、いつの間にか進んでいることがあるのよ」

真を産んだこと自体、美琴にとっては予想外の道だった。

だからその時に気づいたのだ。

この方向に進みたいと願っても進めないことがある。でも、それがベターな道の可能性もあるのだと。

「美琴ちゃんの話を聞いて、なんかちょっと肩の力が抜けたかも」

「正解の一本道を行くのもいいけど、ゴールまでにいっぱい道を間違えて迷って後戻りしても、案外大丈夫よ」

真面目な花音は、就職活動もひとつの業種にしぼっていたらしい。

だから美琴は、「いろんな視点から企業分析するといいよ。でも私も就職活動結構大変だったけど」と苦労話もつけ加えた。

ふと窓の外を見れば、バスケットコートで子どもたちと戯《たわむ》れている優斗がいた。そこには大学時代と変わらない笑顔がある。

「優兄ちゃん、手加減してよー」

「手加減したら俺が負ける」

「もう一回やる」

子ども相手に大人げない対応をしているのを見ると、あの時のままだと思う。

バスケのシュートのフォームも昔と同じ。

小さな子どもと目線を合わせて、優しい言葉でコツを教えているのも。

『優斗、子ども好きだね』

『まあ、多分』

『自分の子どもが生まれたらバスケを教える？』

『本人がやりたがれば。強制はしない。でも一緒にやれたら楽しいだろうな』

（真もね、ボール遊びが好きよ。バスケも興味あるみたい）

優斗が真と同じぐらいの子を抱き上げる姿を見ると、胸が痛くてたまらなくなる。

ベビーベッドから泣き声が聞こえて、花音が慌ててそちらに行った。スタッフはそろそろミルクの時間だと準備へ向かう。

「花音ちゃん、トイレー」

「わかった。ごめん、美琴ちゃん、抱っこしてもらってもいい？」

花音が、抱っこしていた子を美琴に預けた。まだ首も座っていない、小さな赤ちゃん。

どういう経緯で施設に来たのかは知る由《よし》もない。

「そろそろ、みんな水分補給してねー」

バスケットコートに向かってスタッフがそう声をかけた。美琴はでき上がったミルクをもらって、赤ちゃんに飲ませる。

真の時は、母乳がなかなか出なかった。乳首が硬いと赤ちゃんが飲みづらいから、やわらかくしないといけないなんて後から知った。甘いものを食べると、おっぱいが詰まって痛い目にも遭った。つわりはひどかったし、切迫早産で絶対安静にもなった。予定より早めに産んでしまったから、真は標準より小柄で今でも実年齢より幼く見える。なかなか寝ずに泣いてばかりの頃は、一緒に泣いたことも。

「手慣れているな」

戻ってきた優斗が、赤ちゃんにミルクを飲ませる美琴を見て何気なく呟《つぶや》く。

「……一時期、ホテル内の託児所でシッターやっていたから」

「そうなのか」

それは嘘じゃない。

あなたの子どもを産んだの。ミルクも飲ませていた。おむつも替えてお風呂も入れた。離乳食はなかなか進まなくて大変だった。

優斗はきっと、楽しんで育児をしたかもしれない。いや、仕事が忙しいからやりたくてもできなかっただろうか。

この時期の真との時間を優斗から奪ったのは、紛れもなく美琴自身だ。

視界がぼやけそうになって、美琴は瞬《まばた》きをした。赤ちゃんはしっかりミルクを飲み終える。美琴は首に気をつけながら縦抱きにして背中を優しく叩く。

「それなに？」

「げっぷを出してあげているの。空気も一緒にたくさん飲むから。ミルクを吐き出さないように」

ふわりと懐かしい赤ちゃんの匂いがする。愛しい命の重みとぬくもり。

(ごめん……ごめんなさい、優斗)

「小さくてかわいいな。爪もしっかりある」

優斗は興味深げに、そして愛おしむように赤ちゃんの指にそっと触れた。

真のこんな時期を知らない優斗に、美琴は改めてひどい罪悪感を覚えた。

＊　＊　＊

優斗にとって、待ち合わせ場所に美琴が来るかどうかはひとつの賭けだった。

来なくても、また別の手段を考えればいい。そう思うことで期待と不安で交錯する心を宥《なだ》める。

仕事上で顔を合わせる美琴には、やはり隙がない。連絡先を書いても連絡は来ないし、業務に関係する以外の返事のメモもない。

勢い余ってしてしまった告白も、あまり影響はないかに見えた。だから、自分の誘いにのらない可能性は充分あった。でも、もし来てくれたのならこのチャンスは逃さない。

歩いてくる美琴を見つけた瞬間、喜びと安堵があふれた。

駅まで来ていながら、そして子どもたちへのプレゼントも手にしていながら、美琴が施設に行くことを迷っているのは手に取るようにわかる。

それでも優斗はこのまま離れるわけにはいかなかった。

(笑顔がないわけではないけど……)

美琴は、赤ちゃんにミルクを飲ませてげっぷを上手に出すと、そのまま抱いて優しく揺らしていた。眠りについた様子を見て、そっとベビーベッドに寝かせる。

慈愛に満ちた表情は眩《まぶ》しい。けれど施設に来てからずっと、懐かしさだけではないものが彼女の心を占めているようだ。

「さっき、花音ちゃんに聞いた。施設に支援を続けているって。私が望んでいたからって言っていたんだけど……」

まるで独り言のような小さな声で、美琴が言葉を放つ。思い悩んでいるように見えたのは、そのせいだったのか。

「きっかけではある。君はずっと花音ちゃんみたいな子どもたちのことを気にかけていた。『自分は母親が無事退院できたから施設に残らずに済んだ。再婚相手である義理の父親が支援してくれたから大学進学もできた。運がよかっただけだ』と」

「……そんなこと、言った？」

美琴が小さく首をかしげる。いつもまとめている髪は、今日はひとつに緩《ゆる》く結ばれていた。脇まで伸びたそれがやわらかく揺れる。

「美琴はアルコールに弱いから、酔うと時々そう言っていた。美琴が施設にいたのは一か月ぐらいだろうけど、多分、その時に感じたことがずっと引っかかっていたんだろう」

あまり感情を露《あら》わにしない彼女が、酔った時だけ甘えた口調になるのが好きだった。

本当はもっと甘やかしてあげればよかった。

なにを思っているのか、どう感じているのか見過ごさずにいれば、失わずに済んだのだろうか。

「俺も同じだった。顔見知りの子どもたちが、将来に不安を抱えて悩んでいた。サポートできるならしたい。その余裕ができたから、やり始めただけ。すべての施設への援助は無理でも、せめて手を伸ばせる範囲だけでも。だから俺の個人的なエゴだよ。美琴が気にすることはない」

それに、ここは優斗にとって特別な場所だ。

美琴と出会えて過ごした思い出がたくさんある。ここに来れば、確かにあった過去を感じ取れた。だから施設に来る理由を作るために、援助を続けているのもある。

優斗はそっとベビーベッドに眠る赤ちゃんの頭に触れた。ふわふわの髪がくすぐったい。

「ホテルで働く前に、シッターをやっていたのか？」

「最初はホテル内の託児施設で働いていたの。それからいろんな偶然が重なってホテルスタッフになった」

「そういうきっかけだったのか。ホテルで働いているのが意外だったから、正直会うまで信じられなかった」

「私があのホテルに勤務していること、どうして知ったの？」

美琴は施設内で遊んでいる子どもたちに視線を注いだまま呟《つぶや》く。

どう答えるか迷ったのは一瞬。

「航星が、君を見かけた」

美琴が小さく目を瞠《みは》って、そして優斗を見る。

「ホテルで食事をしたらしい。その時、美琴を見かけたと教えてもらった。あいつは、俺が君をずっと捜していることを知っていたから」

航星の名前を言えば、その先に彼女が誰を思い出すかは想像できた。美琴は少しだけ表情を強張《こわば》らせ、そしてそっと目をふせる。

「そう」

「美琴、きちんと話をしたい。あの時、聞けなかった君の気持ちを教えてほしい。俺はあの日から、一歩も前に進めていないんだ」

できれば気のせいであってほしいと思っていたけれど、美琴はずっと泣きそうだったのだと優斗は確信せざるを得なかった。

＊　＊　＊

六年という時間はお互いを大人にするのに充分だと思っていた。思い出を過去のものとして受け止めて、別々の道を歩んでいるはずだった。

けれど美琴は優斗に再会して、あの日からずっと、道を見失って迷子になったまま立ち尽くしていたのだと気づいた。

それは優斗も同じだったのだろう。

『一歩も前に進めていない』

その台詞《せりふ》は、ずしりとした重みをもって響いた。

あんな別れ話も、誰にも言わずに姿を消したことも卑怯なやり方だった。彼にはかりしれない枷《かせ》を残したのだと思った。

だから、話がしたいという優斗の誘いを拒むことはできなかった。

自分自身に向き合うのもきつかったのだ。それを優斗に説明するのはもっと苦しい。

けれどお互いが前へ進むためには、対話する必要がある。

施設の職員と子どもたちに別れを告げると、美琴は彼の車に乗った。

優斗が向かったのは、いつもドライブの最後に寄り道をしていた小高い丘の広場だ。街を見下ろすことのできる広場の駐車場の日陰に、優斗は車を停めた。

夜景を見てたわいのないおしゃべりをしたこともあった。

車の中でキスをしたこともあった。

あの頃の自分たちは、未来がこんな風になっているなんて想像もしていなかった。

優斗が車のエンジンを切る。少し開けられた窓の上部からは涼しい風が入ってくる。

夕方になる前の遠くの空は黄色味を帯びていた。時間とともに陽は沈み、いずれオレンジ色に染まるのだろう。

「あの日のことをずっと謝りたかった……ごめん」

かすれた優斗の声が狭い車内に響いた。

「でも俺は、美琴と別れたかったわけでも、舞衣を選んだわけでもなかった。美琴ときちんと話がしたかった」

わかっている。

あれは、ただ別れ話をするためのきっかけにしかすぎない。

あんな状況下で危険だった舞衣を優先するのは、人として当然のことだ。

むしろ、選択しづらい状況の中で、卑怯な駆け引きをしたのは美琴のほうだった。

「あなたはなにも悪くない。謝る必要もない。別れたかったのは私だし、とても卑怯な別れ話の仕方だったと思う。姿を消したことも、心配かけて申し訳なかったと思っている。私のほうこそごめんなさい」

思ったよりも素直に美琴の口からも謝罪の言葉が出た。

過去の自分と向き合い、そして施設での今日のやりとりもあって、心は少し凪《な》いでいる。

ハンドルに置いた優斗の手がぎゅっと握られた。その様子を目の端に入れながら、美琴は言葉を続ける。

「でも、ああいうきっかけでもなければ別れ話ができなかった。どちらにしても、いずれ別れていたと思う。だって……」

就職先まで舞衣と一緒だと聞いた時に、もう無理だと確信したのだから。

「私はあなたのそばにいる舞衣ちゃんの存在を許せなかったから」

「舞衣は幼馴染《おさななじみ》だ。それに彼女には航星もいたし、俺は美琴に好きだと何度も告げた。それでも俺の気持ちは信じられなかった？」

優斗がすがるように美琴に顔を向けたのが、気配でわかった。

あの頃、常にくすぶっていた感情を、美琴は言語化せずにいた。

浅ましい本音を自覚したくなかったからだ。ましてやそれを好きな人に言えるはずもない。

優斗のそばにいるのが自分でいいのかと思ったことだって何度もある。

でも彼の言う通り、好きだと言い続けてくれたから、どんなに自信がなくてもそばにいることができた。

「気持ちを疑ったわけでもない。でも私は——舞衣ちゃんには勝てない」

涙が勝手に頬を伝う。こんな場面で泣くのは卑怯だと思うのに止められない。

「美琴」

優斗が手を伸ばして美琴の肩を掴《つか》んだ。

「勝つとか負けるとかでないこともわかっている。でもどんどん自信がなくなっていったの！　今まであなたたちが過ごしてきた時間、関係性、絆——どれも敵《かな》わない！　そういう、嫉妬しても仕方がないことに嫉妬した。そのうちたくさんの『もし』が生まれた。もし舞衣ちゃんが浅井くんと別れたら？　舞衣ちゃんがあなたに告白したら？　ずっとそばにいることであなたの気持ちが動いたら？」

「そんな仮定の話は無意味だ！」

「私には無意味じゃなかった。私はその不安に勝てなかった。苦しかった、ずっと。私にはあなたの大事なものを受け入れることができなかった！」

涙でぼやける視界に、戸惑いや驚きだけでない様々な感情を内包した優斗が映る。彼は美琴の肩を抱き寄せ、震える掌《てのひら》で美琴の頬をつつむ。長い指が美琴の涙を何度も拭《ぬぐ》った。

「……言って、くれれば」

「言えなかったよ。舞衣ちゃんとの関係を絶って、なんて言えないよ。好きだったもの。あなたが好きだったのに、嫌われるようなこと口にできるわけない」

優斗にもその真意は伝わったのだろう。彼は悔しげに目を細める。

「だって彼女は『特別』でしょう？」

優斗が小さく息を呑む。そして美琴を抱きしめた。

「違うんだ、美琴。その『特別』は美琴の思うようなものじゃない……でも、ごめん。不安にさせて、苦しめて傷つけてごめん」

耳元で、優斗は何度も謝罪を繰り返す。彼の声も体も震えていて、抱きしめ返したくなったけれど、美琴はその背中に腕を回せない。

「美琴、聞いて。俺は舞衣に恋愛感情を抱いたことは一度もない。『特別』に見えたのならそれは、俺が彼女に罪悪感を抱いていたからだ。彼女の体が弱い原因を作ったのは俺たちだったから」

優斗ができるだけ感情を抑えた声で説明する。

優斗と航星のファンである女の子たちに舞衣が怪我を負わされたこと。怪我の後遺症のせいで彼女の生活が制限され、体調を崩しやすかったこと。

だから舞衣を周囲の嫉妬から守るために、傷つけられないように、あえてそばにいたこと。

舞衣の体が弱いことは優斗から聞いていた。だから目が離せないのだとも。

けれどその気遣いは、周囲に『特別』に見えるほど過保護だった。

だから美琴は、そこに優斗の秘められた想いがあるのではと疑ったのだ。航星と舞衣の関係を守るために身を引いて、それでもそばで見守り続けているのだと思い込んだ。

でも、そうではなかった？

「俺にとっての舞衣は、幼馴染《おさななじみ》で、妹のような家族のような存在だった。彼女の体調の変化を見逃さないために注意を払うのは、長年の癖でしかない。航星が舞衣のそばからいなくなって、気負っていたのもある。おそらくそれが『特別』だと噂になった原因だ」

優斗は、舞衣がそばに来ると必ず視線を向ける。

周囲にたくさんの人がいても、彼の意識すべてが舞衣に向かっているのがわかった。彼女を見る目も話す口調も他の人たちとは違っていた。

他人とあからさまに違う接し方は、舞衣への体調の気遣いと彼の罪悪感から来るものだったのか。

知っていれば誤解せずに済んだだろうか。思い込まずに済んだだろうか。

言えばよかった、と優斗は漏らす。

聞けばよかったのだと、美琴も思う。

「私にはその『特別』は、あなたの秘めた想いに見えた。友人のために身を引いて、それでも守っている。だから私はいつからか……自分は都合のいい相手なのかと思うようになった。誰にも知られず、舞衣ちゃんとの関係にも口を出さず、もしかしたら彼女にできない欲をぶつけられていたんじゃないかって」

「ありえない！　そんな意図は一切なかった。俺が美琴との関係を隠し続けたのは、君を舞衣のような目に遭わせたくなかったからだ。俺は隠すことで君を守っているつもりだった。……でも、なにもかもが俺の独りよがりだったんだな」

あの夜、優斗が戻ってくるのを待っていれば、こうして話し合うことができたのだろうか。

互いの心の内を語って、誤解を解消して。

勘違いをして疑ってごめんね、と。

不安にさせて悪かった、と謝り合っていれば。

今のように素直に向き合っていれば。

けれど、過ぎ去った時間が元に戻ることは決してない。

だから――

「話が、できてよかった。私も……ずっと立ち止まっていたから、そろそろ前に進みたい」

美琴は優斗の腕の中からそっと離れた。そして自らの手で涙を拭《ぬぐ》う。

だから優斗にも一歩を踏み出してほしい。もう前に進んでほしい。

そんな願いをこめて、美琴はまっすぐに優斗を見た。

「美琴、もうすぐ航星と舞衣は結婚する」

「……そう」

「俺は、今はアメリカが拠点で、舞衣と個人的なやりとりはしてない。なにかあったとしても航星を通してのみだ」

「うん」

「もう二度と、美琴を不安にさせないと誓う。だからもう一度、俺との関係を新しく始めてほしい」

切実さのこもる優斗の声に、美琴はこくりと喉を鳴らす。

六年の間に、彼らの関係も変化したのだろう。今はアメリカと日本にいて、物理的にも距離が離れている。

優斗も自分も少しは大人になった。今回の件も教訓にできるかもしれない。

なにより美琴自身、優斗と再会して幾度《いくど》となく心が揺れ動く瞬間があった。

そして――真の存在。

言わなきゃいけない。今日施設に行って、ますますそう感じた。

それでもこれ以上言葉が出てこない。

前へ進みたいと思う。一歩を踏み出したいと思う。

過去をやり直すのではなく、未来を一緒に見ていきたいと思う。

彼の言う通り、もし新しい関係を築けるのなら——

「俺は美琴が好きだ」

優斗の言葉は、真摯《しんし》に美琴の心に響いた。

泣きたいほどの歓喜が勝手にわき上がる。

(優斗、私、私は……)

「私……っ」

気持ちが急激に膨らんでいく。箱にしっかり蓋《ふた》をして押し込めていたはずの様々な想いが、一気にあふれ出す。

その奔流《ほんりゅう》に巻き込まれて、美琴は息もできない。

「返事は今すぐでなくていい。ゆっくりでいい。俺と向き合う時間を作って、少しずつ歩み寄ってもらえるならそれで構わない。ただ、俺の気持ちを知っていてほしいんだ。俺は美琴と一緒に最初の一歩を踏み出したいと思っている」

断られるとでも思ったのか、美琴の迷いと躊躇《ちゅうちょ》を感じ取ったのか、優斗がそう告げる。

「だからせめて今は……俺の名前を呼んで」

悲痛とも言える声で彼が今望むのは、それだけ。

口にすれば一気に感情が零れそうで、美琴はずっと下の名前で呼べなかった。

「……他人行儀できつい。美琴の声で俺の名前を聞きたい。頼む」

すぐにでも名前を呼びたい。

けれど声はなかなか出なかった。代わりに漏れ出そうになるのは嗚咽《おえつ》。

口を開けては閉じるを繰り返す美琴を、優斗は泣きそうな表情で待つ。

(そんな顔、しないで)

まるで別れの日の優斗を思い出すから。

今でも真を見ていて苦しくなる瞬間があるほど、優斗をひどく傷つけた。

だからこれ以上、彼にこんな表情させたくない。

美琴はなんとか息を吐き出した。

「……と」

「うん」

声が震える。

「ゆ……と」

「ああ」

心の中で呼ぶことさえためらい続けた名前。

「ゆう、と」

「美琴、ずっとずっと会いたかった」

捜してほしくなかった。見つけてほしくなかった。会いに来てほしくなかった。

だって再会すれば……気持ちが一気に引き戻される気がしたから。

そばにいれば、もっと一緒にいたいと欲が出そうだったから。

「優斗……」

美琴はようやくはっきりと、優斗の名前を呼んだ。

「美琴、キスしたい。だめなら拒んで」

額《ひたい》を合わせて優斗が想いを吐き出す。

（そんな言い方、ずるい）

親指で唇に触れ、美琴が怯《おび》えないか、逃げないか確かめながら、優斗は少しずつ近づく。

美琴は動けない。

彼の吐息が間近に触れても。

ただ、そっと目を閉じた。閉じた目蓋《まぶた》から零れた涙が唇へと伝う。

六年ぶりの口づけは涙のしょっぱい味がした。


キスの仕方なんてもう覚えていないと思っていた。

でも唇の表面を軽く触れ合わせるうちに、彼の唇を思い出した。角度を変えて触れては時折離れて、優斗は美琴の様子をうかがう。

目が合うたびに、その奥にある熱を確かめる。

優斗がためらいがちに美琴の頬を両手で包んだ。涙がまた零れて、それを拭《ぬぐ》うように美琴の目尻に唇を寄せる。

自身の唇についた美琴の涙を、彼は舌を出して舐める。そして美琴の唇に流れた涙も舐めた。

その舌が唇に触れて、美琴は小さく口を開けた。優斗の舌がおずおずと入ってくる。

舌先が触れて舐め合う。やわらかくて熱くて、なによりも彼の味がした。

角度を変えるごとに、少しずつキスは深まった。もっと彼を感じたくて、美琴は力を緩《ゆる》める。その隙を逃さずに、優斗の舌は美琴の口内に伸びた。

自然にお互いの舌が絡み合う。優斗の手が美琴の後頭部に伸びて支える。

優しいキスはその瞬間、激しいものに変わった。

美琴は翻弄されるがままに、優斗の舌を受け入れた。彼の舌は口内をまさぐるように動いては、美琴が過去に震えた場所を探る。

互いの唾液が混じり合い、車内に淫靡《いんび》な音が響いた。

優斗は空いた手で、美琴の髪に触れ背中に触れ腰をたどった。それ以外の場所に触れないでいる代わりにと言わんばかりに撫で続ける。

「美琴」

「んっ」

「み、こと、止まらない」

美琴の舌を絡めては離れ、再び深く塞ぐ。

美琴は全身が熱くなって痺《しび》れて、すがるように優斗の上衣を握った。優斗の腕にも力がこもり、強く抱きしめられる。

いつしか美琴も、自分から求めるように優斗の舌の動きに合わせた。

互いにキスの止め方がわからない。

「美琴、好きだ。離したくない」

キスの合間に、うわ言のように優斗は言葉を紡いだ。

腰に触れていた手は、いつしか首筋や腕をたどる。美琴は思わず小さく体を跳ねさせた。

キスは深く激しくなるばかりで、まるで渇きを癒し合うかのようにお互いの唾液を交換する。

不意に車内に振動が響いて、二人はぴくりと体を震わせた。

動きを止めたのは一瞬。

それでも優斗はキスを止めようとしなかった。

その間も無機質な振動が、二人の行為を見咎めるかのように鳴り続ける。

優斗は少しきつく美琴の舌を吸うと、ようやく唇を離した。互いに息が上がり、唇が卑猥《ひわい》に濡れている。

鳴っているのは優斗のスマートフォンだと思うが、彼はなかなか出ようとしなかった。

「電話……鳴っている」

「ああ、わかっている」

「仕事の電話、かも」

「ああ」

いまだ欲を持て余したようなかすれた優斗の声に、キスで蕩けた体が反応する。

優斗は濡れた唇を乱暴に拭《ぬぐ》うと、仕方がないとばかりにスマートフォンを手にした。けれどすぐには出ずに画面を注視する。

「優斗？」

鋭い眼差しでそれを見つめる彼に、美琴はその相手がもしかして舞衣ではないのか、と思った。

そして、咄嗟《とっさ》にそう考えた自分に呆れた。

いつまで彼女の幻影に惑わされるのかと――

「悪い。仕事の電話だから外で取る」

優斗がドアを開けて車外に出た。

その瞬間、激しいキスで生じた熱気が、ふわりと風に流れていく。

全身にしっとりとした汗がまとう。キスの余韻が全身にくすぶっている。体の中心にある女の部分があからさまに反応している。

久しぶりのその感覚に美琴は戸惑った。

何年も母親として過ごしてきたのに、自分の中にこんな部分が残っていたことに。そしてその相手が優斗であることに。

優斗の気持ちにはっきりと言葉で返せないくせに、体はとっくに答えを出している。

求めているのは、欲しいのは、結局彼だけなのだと。

六年で昇華したはずの想いは、再び美琴の中に舞い戻り嵐のように吹き荒れた。

＊＊＊

この日を境《さかい》に、優斗と美琴の関係は変わった。

優斗とは連絡先を交換させられ、できれば毎日短時間でも会話をする時間が欲しいと乞われた。

とはいえ、美琴の勤務は基本的にはシフト制で、優斗も朝はともかく夜の帰宅はまちまちだ。

よって、優斗が出勤するまでの時間、その日のスケジュール確認を口頭で行うという名目で会うことにした。

美琴は優斗の専任だし、勤務時間内に客にそう要請されれば応じるのが仕事だ。

今まで優斗が距離を測りあぐねてメモの交換でやりとりしていたものを、対面に変更するだけ。

だが、そこにプライベートな理由が混じるからか、美琴は少し後ろめたい。

ドアの向こうの返事を聞いて、美琴は優斗の部屋に入る。

「おはようございます、黒川様」

「ああ、おはよう、美琴」

優斗はゆったりとコーヒーを飲んでいる時もあれば、書斎でパソコンの前にいることもある。

今日は珍しく首にネクタイを巻いている最中だった。

着替え中なら、少し待ってと言えばいいものを……ただネクタイを首に巻く仕草なのに、なぜか目が離せない。

「このネクタイ似合わない？」

「いえ、お似合いです」

じっと見ていることに気づかれたようで、いたたまれない。

「……今日はネクタイをうまく結べないみたいだ。お願いできるかな？」

美琴は思わず優斗を小さく睨んだ。ネクタイなんて大学時代から結び慣れていたくせに。

それにこんな依頼はよほどの事情がない限り、本来ならお断りする。

「かしこまりました」

美琴は平常心だと言い聞かせて、優斗のネクタイを結んだ。ホテルスタッフとしてのプライドもあるし、こんなことで動揺するほどもう初心《うぶ》ではない。

「首に巻いてあるスカーフ、似合っている」

「ありがとうございます」

ホテルの制服で、唯一遊べるのがこのスカーフだ。いくつか種類があって、ネクタイタイプやリボンタイプなど結び方には個性を出せる。今日はふわりと結ぶタイプで、結び目が花に見えるようにした。

「思わず、解きたくなるぐらい」

耳元で低く甘く囁《ささや》かれて、美琴は咄嗟《とっさ》に優斗から離れた。

やっぱり心臓が勝手に跳ねてしまう。

「そうだ。申し訳ないが、プリンターの貸し出しはある？」

共用のワークスペースにもプリンターは設置されている。優斗もそれを知っているはずなのに、どうして確認するのだろう。

「ございます」

「書斎に設置してほしい。どうしても紙での資料をご希望の方がいて、あまり公共の場で印刷したくないから」

「かしこまりました。今日中にご準備いたします。ご希望の機種などございますか？」

「A４サイズがカラー印刷できればなんでも構わない。用紙もそれで」

「かしこまりました」

優斗はダイニングテーブルに向かい、広げていた新聞を畳もうとする。彼はメインの新聞以外に、経済と英字の新聞を依頼していた。

「もうお読みにならないのでしたら、私がいたします」

「悪い。美琴に、散らかしっぱなしだと思われたくないから、片付けておきたかったんだが」

「黒川様はいつも綺麗にお部屋をお使いだと、スタッフも感謝しております。ですが、あまりお気になさらないよう。私たちの仕事でもありますし、できましたらご自分のお部屋のようにお寛《くつろ》ぎください」

そんなの気にしなくていいのに、と思いながら美琴は新聞を畳む。

大学時代も彼は新聞をよく読んでいた。インターネットでいつでも見られるのに、どうしてわざわざ購読しているのかと聞いたことがある。

優斗は『ネットだと欲しい情報しか手に入らないから』と言った。

新聞には多くの情報が詰まっている。そこには自身が不要だと思える内容もあるが、ネット上で欲しいものだけを見ていると、本当は必要だったものを見逃す。知らないことを知るためにも、新聞は最適なツールなのだと。

確かにネット上では、検索したものや好みのものだけがピックアップされるので、知らないことがなんなのかがわからない。

それから美琴も新聞を読むようになった。おかげで知識は増え、ホテルスタッフになった今、それは教養として役立っている。

優斗と一緒にいると、いつも新たな世界を見ることができた。たくさんのことに気づかされた。アントレプレナーシップなんて、言葉しか知らなかったけれど、彼のプレゼン資料を見ておもしろそうだと思った。施設へのボランティアだって、少しでも手助けになればというだけだったのに、課題を見つけてどうすれば解決できるか考えるようになった。

花音も優斗も、美琴は保育関係の仕事につくと思っていたと言っていたが、美琴もそのつもりだった。けれどあえて企業を選んだのは、課題解決の手段をもっと学びたいと思ったからだ。

彼と過ごす時間はとても有意義で、自分も成長している実感があった。自分に自信を持てた。

予想外にホテルスタッフになった今も、自分なりに工夫してお客様の要望に応えられた時、やりがいを感じられる。

（私、随分優斗に影響を受けていたんだな……）

改めてそう実感した。

「美琴……今夜も遅くなる。なかなかゆっくり時間が取れなくてごめん」

「あ、えっと、あの」

まるで新婚夫婦のような台詞《せりふ》に、美琴は一瞬素で答えそうになった。

「お気になさらないでください」と言うのも違うと思うと、言葉が出てこない。

「毎朝こうして美琴の顔が見られると、結婚しているみたいで浮かれそうになる。でも、あまりよくないな。こんな仕事の仕方を続けると、本気で美琴との時間が取れない未来になりかねない。時間がないなんて言い訳していたら愛想をつかされる。やっぱり、なんとか調整しないと」

だんだんと独り言のようになって、優斗は考え始める。

美琴は、これ以上甘い空気に流されるわけにはいかないと、彼の部屋を片付けるべく手を動かした。

「美琴、そろそろ行く」

「……はい」

美琴は優斗の前に立った。

「行ってらっしゃいませ。黒川様」

そして丁寧なお辞儀をする。

でも、視界に入る彼の靴は動こうとしない。このやりとりも、もう何度目か……

優斗がそっと片腕を美琴の背に回す。

美琴は動かなかった。多分、最初にこうされた時に動けなかったのが敗因。

ぎゅっと抱きしめられると、彼の匂いが鼻腔をつく。昔よりも大きくなった体に抱きしめられて、緊張と同時に甘い感覚が走るようになったのは早かったと思う。

「美琴も腕を回して」

言われるままに優斗を抱きしめた。そうしないと彼は仕事に行かないからだ。

美琴が背中に腕を回すと、優斗の腕にぎゅっと力が入る。

互いの心音が響く。

優斗が満足するまで続く抱擁。

彼は体をゆっくり離すと、熱い息を漏らして美琴を見つめた。

なにを求めているか、見つめ合うだけでわかる。きっと隙を見せれば逃がしてもらえない。

だから、せめて。

「行ってらっしゃい、優斗。お仕事頑張って」

敬語をやめて、プライベートな口調に戻す。

優斗は目を丸くすると「今はこれで満足する」と言って、ふわりと笑った。

「じゃあ、行ってくる」

美琴の頭上にキスを落とすと、優斗は手を振って部屋を出た。

わずかな時間のやりとりと触れ合い。

たとえ気持ちがあやふやでも、続けていくごとに警戒は緩《ゆる》み、体は馴染み、心は走る。

休憩中にスマートフォンを見ると、優斗からのメッセージがあった。

『今から移動』や『今日のランチ』、気になった風景写真など、美琴が返信せずに済むようなささやかな内容ばかりがコンスタントに送られてくる。

いつの間にか、それを読んでほほ笑む自分がいた。彼のメッセージを心待ちにしている自分が。

スマートフォンでのやりとりを介すようになってから、美琴の部屋の引き出しのメモはあまり増えなくなった。それはそれで惜しい気持ちになるのだから、恋愛感情はわがままだ。

美琴は休憩室から見える空を写真に撮って、返事代わりに送った。ふと、一人暮らしをしていた彼の部屋のカーテンの色と似ていることに気づく。

優斗と再会してから、過去を思い出す瞬間が格段に増えた。

以前は日本のことを考えないように過ごしていたし、育児に必死でそんな余裕もなかった。真の中に優斗の面影を見つけるだけで切なくなった。

でも、今は違う。

彼と再会し、過去の自分と向き合い、ようやく思い込みから解放された。どれだけ彼を尊敬していたか惹かれていたかも思い出した。

優斗に想いを告げられた直後は、美琴の中でも気持ちはあやふやだった。

過去に好きだった人で、嫌いになって別れたわけでもなかったから。

再会した彼は、以前にもまして魅力あふれる素敵な男性になっていたし、そんな相手に好意を示されれば心が揺らぐのも仕方がない。

それに、彼は真の実の父親だ。

真のためにも彼との仲を修復することは望ましい、そんな打算的な感情もあるのではないか。

美琴はずっと、そんなぐるぐるした思考のループにはまっていた。

理由をこじつけようとしてしまうのは、年を重ねて狡《ずる》くなったせいだろうか。

それとも、いまだ優斗を信じ切れるほど強くなれていないからか。

（……キス、拒めなかったくせに）

毎朝顔を合わせるたびに、唇に視線が向くくせに。

彼の何気ない仕草、コーヒーカップを持つ指、パソコンを見る強い視線、上着を羽織る腕に見惚れるくせに。

「美琴、今休憩か。トラブルのフォロー助かったよ」

「いえ」

スタッフからの報告を受けたのだろう、貴之が休憩室に入ってくる。

最近は開業当初のようなトラブルが減り、随分落ち着いてきたところだった。久しぶりのミスではあったものの、フォローするだけで終わった。

スタッフもだいぶ仕事に慣れてきたから、おそらく美琴のようなフォローする人間がおらずとも、いずれは円滑に回るようになるだろう。

こうしてホテル運営が順調に進んでいるのは、貴之の力によるところが大きい。彼なら充分、優秀なマネージャーとしてこのホテルを率《ひき》いていけるに違いない。貴之はこのまま日本で勤務を続けるが、美琴はもうすぐ東南アジアの国に戻る。

彼にはどれほどお世話になっただろうか。

仕事を紹介してくれて、真のこともかわいがってくれた。お酒の勢いで、未婚の母になった経緯を打ち明けた時も、優斗への愚痴をさらした時も、貴之は黙って聞いてくれた。

けれど、今後はこれまでのように気楽には頼れない距離になる。

貴之はいつものように自分でコーヒーを準備すると、美琴の前の椅子に腰かけた。

「さて、その後どうだ」

こうしていつも彼から声をかけてくれていたから、美琴はすんなり話すことができた。

優斗の要望で朝に対面でやりとりをするようになったことも、当然彼に報告している。貴之のことだから、美琴たちの関係が変化していることには気づいているだろう。

そして美琴の心情も、あの時とは明らかに変化している。でも、それを貴之にどう説明すればいいのかわからない。

「美琴とあいつの関係が変わったのは気づいている。あいつとよりを戻すのか？」

美琴の戸惑いになど構わずに、貴之は即座に切り込んできた。

「あの……」

よりを戻すのかどうか、はたして戻していいのか、美琴の中でもはっきり決まっていない。それに、未練などないとばかりの態度を取ってきた手前、掌《てのひら》を返したような気持ちの変化を口にするのもためらう。

「初めて会った時は妹みたいな感覚だった。妹よりはだいぶ年下だけどな。それなのに子どもがいる。子どもが子どもを産んだみたいで正直呆れた。でも君は一生懸命で、慣れない環境の中でも必死に頑張っていた。支えてやりたいと思った。最初は同情と庇護欲だったか」

貴之は窓の外を見ながらコーヒーを口にして、独り言でも呟《つぶや》くかのように語り始めた。彼の言葉の意味がすぐには頭に入ってこない。

「でもいつしか、真と美琴と一緒にいる時間を待ち遠しく思うようになった。子どもなんて得意ではなかったのに、真はかわいかったな。あいつの父親になって家族になって、美琴を守りたいと思った」

貴之の目が美琴を捉《とら》える。

がらりと雰囲気が変化する。今まで美琴が目にしたことのない彼がそこにいて、勝手に体が緊張した。こうして二人きりでいて、美琴が貴之に対して警戒したことはこれまで一度もなかったというのに。

「加、地さん？」

「だが俺がどんなにアプローチしても、君は気づかない。真以外、入り込む隙がない。日本勤務が決まって、このまま君と離れるのは嫌だと思った。だから多少強引なことをして、君を日本に連れてきた。この期間で距離を縮めて、君との関係を変えるつもりだった」

淡々とした口調で告げながらも、貴之が切なそうに目を細める。

本当に彼の想いに気づかなかっただろうか。

彼の優しさや気遣いの奥にあるものから目をそらしてはいなかったか。

年の差に、日本人同士であることに、兄妹のような関係に一方的に甘えてはいなかったか。

「迷うぐらいなら、俺を選べ」

美琴は息が止まりそうだった。

兄のように慕って頼ってきた貴之のこんな様子は初めてで、胸がぎゅっと締めつけられる。

ずっと気にかけてくれた。支えてくれた。たくさん頼ってきた。

貴之のそばにいるのは心地よかった。安心できた。

少しでも恩返しをしたくて、彼を支えたくて、息子と離れてまで日本に来た。

でも――

「加地さん……私、彼と話をしました」

「ああ」

「私の弱さと思い込みで……逃げ出しただけだった。そのせいで彼と真のあるべき時間を奪ったんです」

「……ああ」

涙で視界がぼやけそうになるのを、美琴は瞬《まばた》きすることで耐える。

貴之を傷つけたくないと思うのに、それを避けることができない。

「加地さん、私もう一度彼と向き合いたい」

「美琴、もっとはっきり言え。今みたいに隙だらけなら、つけ込む方法はいくらだってある。あいつのように、もっと強引に進めることだってできた。あいつが真の父親でさえなければ――逃がさなかった！」

射貫く貴之の視線が痛くてたまらないのに、口調は強く激しいのに、貴之は淡く笑みを浮かべる。彼の優しさが、深い想いが伝わってくる。

貴之は自身の気持ちより真を優先してくれた。美琴自身の気持ちを大事にしてくれた。

だから、いまだ優斗本人にさえ告げられていない気持ちだとしても、それで貴之を決定的に傷つけることになっても、言わなければならない。

「私、優斗が好きです」

堪《こら》えきれずに、涙が水滴のように零れ落ちる。

同時にあやふやだったものが今、はっきりと形になる。

「わかった」

立ち上がった貴之がコーヒーを一気に飲み干す。

「加地さん！」

「大丈夫だ。言っておくが、俺はあいつに負けたんじゃない。真に負けたんだ。それに俺はいい男だから、次はすぐに見つける。安心しろ」

貴之がいい男であることは、美琴だって知っている。彼がその気になれば、すぐに相手を得られることも。

「私、私、いっぱい加地さんに助けてもらった。加地さんのこと、兄みたいに、家族みたいに大事なの！」

今の貴之には余計な言葉かもしれない。

それでも、これまで彼と過ごしてきた時間が、築いてきた関係性があった。

恋愛感情ではなくとも、彼を大事に思う気持ちに嘘はない。

「加地さんが、大事なの」

美琴の言葉に、貴之は一瞬だけ動きを止めた。そして黙ったままカップを片付ける。

「いつか『貴之お兄様』って呼ばせてやる」

そう一言だけ発すると、貴之は部屋を出た。

最後の台詞《せりふ》は、貴之の最大限の優しさ。これで関係が壊れたわけではないのだと伝えるための。

美琴はあふれる涙を乱暴に拭《ぬぐ》った。泣いてはいけないと思うのに、涙は止まらなかった。

――優斗が好き。

言葉にして口に出した瞬間、曖昧《あいまい》に揺らいでいた気持ちがはっきりした。

貴之によって強引に引き出された感情で、それで結果的に彼を傷つけてしまったけれど。

いや、むしろ迷っている美琴に気づいていたからこそ、あえて貴之は気持ちを告げてきたのかもしれない。

美琴に発破をかけるために。

（私は……結局、加地さんに甘えっぱなしね……）

真を産んでから、馴染みのない国で美琴を守ってくれた両親以外の人間は貴之だった。

仕事を探していた時、手を差し伸べてくれた。真が病気になって困っていれば、一緒に付き添ってくれた。真も貴之を信頼して懐いている。

兄弟も親戚もほとんどいない美琴は、貴之とは身内のような感覚で接してきた。彼だって異性を感じさせることはしなかった。

それさえも、貴之の愛情だったのだと今ならわかる。

真を育てるのに夢中で、母親になった自分に恋など無縁だと思い込んで、都合よく貴之に甘えてきた。

それでも――どれほど多くの人と出逢おうと、貴之のような魅力的な人がそばにいようと、美琴の心が揺れ動くのは優斗だけなのだ。

美琴は今夜、夜の勤務だ。

昼間の喧騒《けんそう》が嘘のように静まり返ったホテルの空気は、美琴を思考の渦に沈めてしまう。

美琴も優斗も、日本での滞在には期限がある。

これから先のことを考えるなら、自分の気持ちは早く伝えたほうがいい。でも、そのためにはまず真のことを話さなければならない。

朝のわずかな逢瀬の合間に言える内容ではないから、優斗には時間を作ってもらう必要がある。

(朝……会いに行った時に時間を作ってもらえるか聞いてみよう)

美琴は夜勤が明けたらそのまま翌日まで休みになる。

優斗は休みがあってないような仕事の仕方をしているから、次の休みを合わせるとなると少し先になるだろう。

優斗は真の存在を知ってどう思うだろうか。その事実を受け入れてくれるだろうか……

想像すると少し怖い。

なにせ六年だ。

子どもの五年間の成長は著《いちじる》しい。美琴はそれを見る権利を、優斗から奪ったようなものだ。

けれど、どんなに怖くても、貴之が押してくれた背中を無にしないためにも優斗には話すべきだ。

美琴は、揺れ動く感情をなんとか抑え込んで必死に仕事に集中した。


翌朝、深夜明けの疲労も重なり少し緊張したまま、美琴は優斗の部屋を訪れた。

「おはようございます。黒川様」

「おはよう、美琴。夜勤お疲れ様」

身支度を整え終えた彼は、笑みを浮かべて美琴を労《いた》わってくれる。

こうして優斗を目の前にすると、やはり美琴の胸は騒めいてしまう。

心がどうしても惹きつけられる。それは理屈じゃない。

定型になったやりとりを終えて、美琴は切り出した。

「あの……」

「ん？」

「忙しいのはわかっているんだけど……ゆっくり会える時間ってある？」

あえて敬語は使わなかった。話があるから時間が欲しいと言えば、お互い身構えてしまいそうで、濁した聞き方をした。

優斗は、驚いたように少し目を丸くする。

「驚いた。美琴からそう言ってもらえるとは思わなかった」

口元に手を当てて、優斗はわずかに照れたような表情をする。こういう大学時代を思わせるところを見ると懐かしさを感じる。

「そうだな……」

優斗はスマートフォンを手にしてスケジュールを確認し始めた。

「あの、でも無理はしないで。仕事が忙しいのはわかっているから」

「……仕事より、今はプライベートでの面倒ごとに時間を取られているだけだから心配ない。それに、俺も美琴と過ごす時間は欲しい」

変わらないな、と思った。昔も、どんなに忙しくても時間を作ろうと努力してくれた。実際は難しいことが多かったけれど、調整しようとしてくれただけでも嬉しかったのを思い出す。

「美琴は今日と明日が休みか。だったら、急だけど今夜はどう？　夜勤明けできつい？」

「今から休むから大丈夫。でもいいの？　いきなり今夜なんて」

「ああ。ただ今の時点で時間ははっきり決められないから、わかり次第連絡する。それから……会う場所だけど人目につかないところにしたい。それでもいいなら」

人目につかない、というのは、優斗になにか事情があるのだろうか。合わせるのは構わないが、そうなると場所はどこがいいのか。

「この部屋は——君が落ち着かないだろう？　場所は考えておく」

そう言ってもらえてほっとした。

さすがにプライベートでこの部屋で過ごすのは、ホテルスタッフとしてためらいを覚える。この朝のやりとりだって、本当はよくないと思っているのだ。

「うん。ありがとう。でも本当に無理しないで」

「ああ。もしだめになったらごめん」

美琴は首を横に振った。イレギュラーな仕事が入るのはお互い様だ。

優斗が両腕を広げた。

美琴は素直に近づいて、抱きしめる。このやりとりも、仕事に行く前の儀式のように馴染んできた。

最初は緊張してされるがままだったのに、今は美琴も自ら体を寄せる。ただ、別の意味で胸は高鳴るけれど。

「できるだけ、時間を作る」

「うん」

「美琴に会えると思えば、仕事も頑張れる」

「私も、優斗に会えるのは嬉しい」

「美琴、キスがしたい」

美琴は思わず顔を上げた。

からかうような表情であれば、美琴も即座に断ることができた。

もうすぐ勤務が終わるとはいえ、仕事中なのだ。いや、こういうことをしている時点ですでに逸脱しているけれど、ここで一度許せば今後なし崩しになってしまいそうな予感があった。

それでも、優斗への好意を認めた今の美琴に拒む選択肢はない。

そんな美琴の気持ちを見透かすように、優斗の親指が美琴の唇を意図を持ってなぞる。

「美琴、口を開けて」

勝手に唇が開いた。

優斗の顔が近づいてくる。目を合わせたまま、なにかを探るように。

息を呑んでいると、それを塞ぐように彼の唇が美琴の唇に重なった。

目を閉じたのはどちらが先だったか。

お互いの唇を食《は》み合う。角度を変えて何度も。漏れてくる唾液が唇の表面を濡らす。

優斗の舌が口内に入ると、美琴の舌も彼の口内に伸びる。

優斗の腕が腰を抱くと、美琴は彼の首の後ろに手を回した。

それからは夢中でお互いの唇と舌とをむさぼった。

優斗は遠慮なく美琴の舌の付け根まで絡めとり、美琴もまた彼の歯列をなぞる。

ためた唾液を与えるように呑ませては、吸いつき合う。美琴は必死に喉を鳴らして彼のものを呑み込み、自身のものを与えた。

まるではっきりと言葉にできない想いを交わすように。

さわやかな朝の光に包まれながら、それに似つかわしくない卑猥《ひわい》な音が静かな部屋に響く。

やがて美琴の体から力が抜け、優斗の腕が支える。

唇はようやく離れたものの、それを惜しむように唾液の糸が光に反射した。

「……さすがにタイムリミットだ」

「うん」

「このまま美琴を閉じ込めたい」

閉じ込められたい――そんな感情のまま優斗を見つめた。

抱えている秘密など見ない振りをして、この甘い時間にいつまでも浸《ひた》れたらいいのに。

「美琴、その表情は反則……勘弁してくれ。暴走できない身が恨めしくなる。シャワー浴びる時間もないのに」

優斗が少し乱暴な口調で嘆いた。

いまだ彼の息は整ってないが、美琴も足に力が入らない。全身に甘いものがまとわりついている。

「好きだ」

「うん」

優斗は美琴を抱き上げると、ソファに座らせる。

「立てるようになるまでここにいればいい。できれば、その顔も落ち着かせて」

「……わかった」

美琴は恥ずかしくなって頬を両手で隠した。

きっと今ひどい顔をしている。

口紅は落ちているだろうし、鏡を見ずともいやらしい雰囲気をまとっているはず。

だって、今まさに彼が、色香の塊《かたまり》のような空気を発しているから。

「さすがに行く。このままだと君を襲いかねない」

「……行ってらっしゃい。お仕事頑張って」

「ああ、行ってきます。美琴」

優斗は名残惜しげに部屋を出た。

美琴はキスの余韻で熱がこもった自身の体を抱きしめる。

優斗に再会してから、幾度《いくど》となく女であることを自覚した。

「優斗が好き」

誰もいなくなった優斗の匂いの残る部屋で、美琴はそっと気持ちを口にする。

切なくて温かくて、それでいて言葉にするたびに想いが降り積もるように感じた。

仮眠して自室で目覚めた美琴は、朝のやりとりを思い出しては顔を赤くしたり青くしたりした。

なんだか、どんどん自分の箍《たが》が外れていっている気がする。

職場でああいったことをするなんて、社会人としてあるまじき行為だと思うのに、優斗に求められればこれからも拒まないだろうことが想像できた。

同時に、真のことを告げたあとの優斗の反応を想像すると不安も覚えた。

（言えるのかな、私）

だが、優斗との関係を続けるには避けて通れない道だ。

美琴は何度も気持ちを揺らしながら、少しずつ覚悟を決める。

そして、いつもより少し早めの時間に真と電話をした。

真は今一番お気に入りのアニメの話をしてくれた。体は子どもだけど心は大人でスパイなんだ、とどこかで聞いたことのある設定だ。今度おじいちゃんにサングラスを買ってもらう約束をしたことも、嬉しそうに報告する。

アニメの話がどうしてサングラスの話になったのかわからないまま、美琴は『よかったね』と相《あい》槌《づち》を打った。

（真、あなたのこと、ちゃんとお父さんに伝えるからね）

でも、真がどう思うかも考えると緊張してきて、美琴はうまく会話に集中できなかった。

通話を終えると、美琴は軽く食事をしてシャワーを浴びた。

優斗からは昼間に一度、食事は済ませておいてほしいと連絡がきた。『時間がまだはっきりしなくてごめん』ともあって、彼の忙しさがわかる。

本当に時間が取れるのか。今夜会うことはできるのか。

そして、どうやって話を切り出せばいいのか。

（優斗は……自分の子どもだって信じるかな）

子どもの存在を伝えたあと、スマートフォンにある写真を見せれば優斗は納得するだろうか。だが、真は年齢より小柄だ。それに写真では美琴に似ている印象が強く出る。

連絡を待つだけのことなのに、こんなに落ち着かない気分になるとは思わず、美琴は下のフロアに降りて気分転換しようと思った。

ホテルが入居しているこの高層のオフィスビルは、上層階にホテルがあり、その下にはいくつかオフィスが入っている。一階から三階まではショッピングフロアだ。

宿泊客に聞かれても答えられるように、フロアにあるショップは把握している。

（確か、一階にカフェがあったな。行ってみようかな）

そうして部屋を出るタイミングで、待ち望んでいた優斗からの連絡が入った。

美琴は指定場所と時間を見て、しばし固まった。

彼が指定したのは、このホテルから歩いて五分ぐらいのところにあるビジネスホテルだ。

別の場所を指定してくれたのはありがたい。けれど、これはこれでどういう意図があるのかと勘繰りそうで、せっかく落ち着いていた心がまた騒がしくなった。

だが、ゆっくり二人で話すには最適な場所だと思い直す。

真のことを話すのであれば、なおさら公共の場でないほうが望ましいはずだ。

美琴は承諾の返事を送ると、約束の時間まで予定通りカフェに寄ることにした。

確かオリジナルのコーヒー豆も販売していたはずだ。

普段なかなか買う機会がないから、試してみるのも悪くない。気に入れば優斗と一緒に飲むのもいい。

そんなことを考えながらカフェに向かうと、入り口に見慣れた姿があった。

「すごいイケメンだね」

「うん、隣の彼女も綺麗。美男美女のカップルって実在するんだ」

すぐそばにいた制服姿の女子高生たちが囁《ささや》き合う。彼女たちの言う通り、彼らの姿はとても目立っていた。

優斗が指定した時間は三十分後だった。

美琴はてっきり、優斗は仕事から直接待ち合わせ場所に向かうのだと思っていた。けれどここにいるということは、一度自分の部屋に戻るつもりなのかもしれない。

女性のほうは、レジのそばにあるコーヒー豆のコーナーを眺めている。

優斗を手招きする様子は、一緒に選んでほしいと促《うなが》しているように美琴の目には映った。

女性はどれにするか悩んでいて、それを優斗がほほ笑ましそうに見ている。

誰がどう見ても、仲のいい恋人同士。

(会っていないんじゃなかったの？　個人的な連絡は取っていないって……)

そう言っていた。

だから彼女とは距離を置いているのだと思っていた。

連絡を取らないだけ？　実はこうして二人で会っていたの？

ホテルの外で優斗がなにをしているかなんて、美琴には知りようもない。

嘘なんていくらでもつける。

どくんどくんと心臓がうるさいほどに音を立てる。からからに喉が渇く。

腰までのまっすぐで綺麗な髪。華奢《きゃしゃ》な肢体。清楚なワンピース姿。

舞衣は相変わらず綺麗だった。

あの頃、何度もこんな光景を見た。

フラッシュバックするように、過去に見たいくつもの場面が頭の中に流れていく。

二人が出す特別な空気。誰も彼らの間には割り込めないというような、強固なものを感じる。

舞衣といる時の優斗は、美琴には見慣れない表情をする。

舞衣がようやくコーヒーを選んだのだろう、嬉しそうに優斗に笑いかけた。

優斗もまた、優しい笑みを浮かべ、慈愛に満ちた眼差しを彼女に向ける。

それは決して美琴に向けられることはなかった。

一番大事なのは彼女だと、『特別』なのは彼女だと、無意識の彼の本音が透けて見えているようなーー
過去と現在とが混在して、足元がぐらぐらと揺れる。

こんなにたくさんの人がいるのに、世界で二人だけみたいだ。

優斗のそばにいれば、見ざるを得ないその光景。

それをまた……これからも見ることになるのだろうか。繰り返してしまう？　本当にこんな二人

を受け入れられる？

舞衣がコーヒー豆の入った袋を受け取った。優斗はそれをさりげなく手にし、ドアを開けて舞衣に先に出るように促《うなが》す。そしてつまずきかけた彼女の腕を掴《つか》んで支えた。

本当にお似合いの二人。

「美琴？」

優斗がようやく美琴の姿を捉《とら》える。途端、その目が大きく見開かれた。

息が苦しい。心臓が痛くてたまらない。視界はどんどん涙で歪む。悲痛な叫びは声にならない。

「美琴！」

優斗が強く名前を呼ぶ。

反射的にそこから逃れようと、美琴の脚が動きそうになる。

（だ、め……ここで逃げちゃ、だめ！）

いつまでも過去の幻影に囚われていてはだめだ。

以前は、猜疑心《さいぎしん》から勝手に想像して思い込んで不安にのまれた。見ない振りをして、言葉を呑み込んで、逃げ出した。

それを繰り返してはならない。

今度こそ、自信のなさからくる弱さに打ち勝たなければならない。

（信じるの。優斗を信じるの）

過去を振り払って、美琴は荒れ狂う感情を必死に抑える。

優斗が焦った様子で駆けてくる。

自分から近づくことはできなかったが、逃げることもしない。

美琴はなんとかその場に留《とど》まり、優斗が来るのを待った。

彼の腕がすぐさま美琴を抱きしめる。

「舞衣と会ったのは偶然だ！　彼女が俺宛ての書類を父親から預かって、ホテルまで持ってきた。ここで俺を見かけたから声をかけてきただけで。彼女に会うのは前回の帰国以来だ。俺の帰国も父親に聞くまで知らなかったと言っていた」

優斗は矢継《やつ》ぎ早《ばや》に状況を説明した。

まるで浮気を知られた男性がする言い訳のようだ。

「舞衣の父親は弁護士で、俺が仕事を依頼していたんだ。舞衣が父親の事務所で働いているなんて知らなかったから、口止めもしていなかった。それで、なぜ帰国を知らせなかったのか責められて、コーヒー豆を買わされただけだ。だから……」

ああ、カフェで仲良くお茶を飲んだわけではなかった。

二人は久しぶりに偶然会っただけ。

優斗の台詞《せりふ》を、美琴は必死に受け止めた。

「ごめん――君はいつもそんな表情で、俺たちを見ていたんだな」

抱きしめる腕に力をこめた優斗が、美琴の耳元で悲痛な声音で呟《つぶや》いた。

自分が今どんな表情をしているのかはわからない。

けれど、きっととても醜く歪んだ顔をしているのだろう。

だが、彼は美琴のところに来てくれた。今はその事実だけでいい。

だから美琴も優斗にすがりつく。

彼が自分のそばにあることを強く実感する。

「ねえ、もしかして美琴ちゃんなの？」

不意に、おずおずと語りかける声。

「……舞衣」

「やっぱり！　優斗の帰国は教えないし、優斗が美琴ちゃんと再会したことも知らせないし……航星は本当に秘密主義！　そして、優斗は薄情すぎる！」

美琴であると認識した舞衣は、この空気などお構いなしに、腹立たしそうに言い放つ。

「ねえ、目立っているんだけど、場所を移したほうがいいんじゃない？　せっかくだから私も美琴ちゃんと話したい」

「舞衣！」

「だって！　優斗のことだから、私と美琴ちゃんが二人きりで話すなんて許さないでしょう？　本当に美琴ちゃんのことになると心が狭いんだから」

「当たり前だ！　俺だってこんな風にゆっくり話す機会はないんだ。貴重な時間をどうして舞衣に奪われなきゃならない」

「本当にできる男は、愛しい女の子のためには無理をしてでも時間を作るものなんです。優斗が不甲斐ないだけでしょう？」

美琴は優斗に抱きしめられたまま、黙って二人の応酬を聞いていた。

この二人は昔からこんな感じだったのだろうか。遠慮のない言い合いに、色恋めいたものは微塵《みじん》もない。

さっきまでの二人を見て……抱いていた印象が覆《くつがえ》る。

いまだショックは大きかったけれど、優斗がずっと抱きしめてくれているからか、少しずつ気持ちが落ち着いてくる。そのうち、周囲の人の視線が気になり始めた。

舞衣が自分たち二人に向かって声をかける。

「ほら移動しよう！　あそこにちょうどいい日影があるよ。優斗は着替えに戻るんでしょう？　私がその間話すぐらいの心の余裕もないの？」

「美琴、断っていい。けれど一度部屋に戻らなければならないのは確かだ。どうする？　俺と一緒に戻る？」

優斗はむしろ断ってくれと、言っているようだった。

すると、舞衣がするりと美琴の腕に自身の腕を絡めた。優斗は苦々しくそれを見つめる。

まだ平常心に戻ったとは言いがたいが、舞衣がなにを話したいのか気になった。

「優斗。私、彼女と待ってる」

「……美琴、本当に大丈夫か？」

「ええ、大丈夫」

美琴はしっかりと頷いて見せた。

「……わかった。すぐに戻るから、その間だけ我慢して」

優斗はそう言うと、舞衣を睨んだ後、美琴の目蓋《まぶた》にキスをして踵《きびす》を返した。

公衆の面前でそんなことをされて、美琴は泣き顔で赤くなるという芸当を披露する羽目になった。

＊＊＊

「あ、ミストシャワー。ここなら暑くないかな」

舞衣はビル周辺の街路樹に設《もう》けられたベンチのあるスペースに、美琴を連れてきた。

彼女の言う通り、ちょうど木々の葉が頭上を覆い、ミストシャワーも風に流れてきて涼しい。

「久しぶりね、美琴ちゃん」

「ええ、久しぶり……」

ベンチに隣り合って腰を下ろす。

同じ大学で、施設のボランティアも一緒だったとはいえ、美琴と舞衣の間には常に微妙な距離があった。おそらくそれは、美琴が意図的に舞衣を避けていたせいだ。舞衣はなんとなくそれに気づいていたから、必要以上に近づいてこなかったのだと思う。

陽が沈みきったのか、辺りは薄い藍色に染まっていた。

夜の準備を始めるように、地面から木々を照らすスポットライトの明かりが灯る。

「私と優斗が一緒にいたの、ショックだったよね？」

あんなひどい顔など、舞衣本人にこそ見られたくなかった。本当に惨めだなと思う。

「ごめんなさい……優斗にも何度も言われたの。誤解させたくない人がいるから、カフェでお茶はできないって。大事な書類をホテルまで届けに来た幼馴染《おさななじみ》に、偶然会ったのにあまりに素っ気ないから冷たいって詰《なじ》って、妥協案として航星へのおみやげにコーヒー豆を買わせただけだったんだけど。優斗が心配していた通りのことになって反省している」

舞衣にすんなり謝罪されたものの、美琴はどう反応すべきか困惑する。

たぶん、客観的に見れば舞衣に謝ってもらうようなことではない。

幼馴染《おさななじみ》と一緒にいるところを目撃したぐらいで、傷つく自分のほうがおかしいのだ。

けれど、美琴が過去の二人に一方的に抱いていた印象は、いまだトラウマのように根付いている。

二人が一緒にいるだけで、反射的にフィルターがかかって歪んで見えてしまうのだ。

それを振り払うように、美琴はなんとか首を横に振った。

「でも、まさか誤解させたくない相手が美琴ちゃんだなんてびっくりしたな。すごく大事な相手なんだろうなあとは思ったけど。だったらあの素っ気なさも納得。優斗やっと見つけたんだ。よかった……」

心から安堵したようなその声に、美琴はようやく視線を目の前の景色から舞衣に向けた。

舞衣も美琴を見つめる。

「美琴ちゃんに会えたら、ずっと謝りたかったの。あの日、私の軽率な行動がきっかけで二人が別れたって知った。優斗が美琴ちゃんを一人にして、私を助けに来たから」

確かにきっかけではあった。

しかし、そのきっかけを利用して卑怯な別れ話を切り出したのは美琴だ。

舞衣には関係のない話だし、彼女が謝罪する必要などどこにもない。

「舞衣ちゃんのせいじゃない。それ以前から優斗とは別れようと思っていたの。ただ、なかなか踏ん切りがつかなくて、話ができたのがたまたまあの日だっただけ」

「そう……でも、私はおかげで大怪我をせずに済んだ。優斗が私を庇《かば》ってくれたから」

それから舞衣は、あの日に起きた出来事を語った。

フェイク画像をばらまいた女の子に呼び出されたこと。

言う通りにしないとさらに過激な画像をネット上にあげると脅されて、逆らえなかったこと。

その女の子と言い争いになって、歩道橋の階段上で突き飛ばされたこと。

ちょうど駆けつけてきた優斗が、舞衣を庇《かば》って大怪我を負ったこと。

「優斗は、二日間意識が戻らなかった。私は何度も美琴ちゃんに連絡した。目覚めた優斗からは、美琴ちゃんとはすでに別れていたから仕方がないって説明されたけど……別れたとしても、最近まで付き合っていた人なのにお見舞いにも来ないなんて薄情だと思った。だから私、美琴ちゃんに怒ってもいたの」

舞衣は畳みかけるように言葉を重ねた。

美琴はいきなり与えられた情報をどう受け止めていいかわからない。

あの日、あれからどうなったかなど知りたくなくて、これまで聞かなかった。優斗も詳しく説明しなかった。

舞衣を庇《かば》って大怪我をしたことも、二日間も意識不明で入院していたことも一切言わなかった。

あの日、朝まで待っても帰ってこなかったのはそのせいなのか。

(もし、優斗が行かなかったら……舞衣ちゃんが大怪我を負ったかもしれない)

その現実に呆然とする。

そうなっていたら優斗はきっと苦悩したことだろう。

自分のせいだと責めながらも、止めた美琴に対してもわだかまりを抱いたかもしれない。美琴もまた、責任を感じたかもしれない。

「優斗は退院後すぐに美琴ちゃんに会いに行った。就職先は知っているから、会って誤解を解くんだって言って。車椅子でリハビリが必要なくらいだったのに。でも、美琴ちゃんは内定していた就職先にもいなかった。荷物もトランクルームに預けてその後の行き先は不明。優斗がどれだけ絶望していたか、美琴ちゃんにわかる?」

過去の憤りを思い出すように、舞衣の口調に熱がこもる。

「その頃の優斗、美琴ちゃんを必死で捜してぼろぼろだった。見ていられないくらい」

『ずっと美琴を捜していた』

それは優斗からも聞いた。

けれど優斗の捜したという事実を、美琴は表面的にしか捉《とら》えていなかった。

あんな別れ話をして姿を消したことで、優斗がどれほど傷つくかなど考えもしなかった。自分だけが傷ついたのだと独りよがりに思い込んで、残された人のことにまで思いいたらなかったのだ。

怪我が治りきらないまま、美琴を捜していたなんて。六年という長い月日が経っても。

美琴は足元の地面が再びぐらぐらと揺れている気がした。

「私ね、中学生の時に航星と優斗のファンとの間でいろいろあったの。ある時、数人の女の子に囲まれて、押されて転んだ。頭を強く打って出血して、何針も縫う大怪我。それ以降、怪我の後遺症で頭痛や吐き気や眩暈《めまい》に苦しんだ」

優斗に聞かされたものの、舞衣本人の口から直接語られると、その内容は想像以上にシビアだった。

優斗と航星という目立つ男の子と、特別仲のいい女の子。

思春期真っただ中の中学生の女の子なら、嫉妬して無茶な行動に出ることもあるだろう。

そのせいで後遺症に苦しんだ、舞衣。

「二人はそれを自分たちのせいだって悔《く》やんでた。それからは二度と私が女の子たちに意地悪されないよう怪我をさせられないように守ってくれた。私を特別扱いした。そして、私もそれに甘えてしまったの」

二人が悔《く》いるのも当然だ。

それ以降、舞衣を守ろうとするのも自然なこと。

後遺症に苦しむ舞衣が二人に甘えるのも。

「航星は、本当は宇宙関係の仕事を目指していたのよ。でも、その夢をあきらめてまで私のために医学部に進学した。私のせいで航星の将来を変えてしまったことが申し訳なかった。私と付き合っているのだって、怪我をさせた責任感からなんじゃないかって何度も疑った。大学生になって初めて航星と離れたことも、不安定になった原因。そのたびに優斗に頼ってしまったんだけど……そのせいよね？　美琴ちゃんが私と優斗の関係を気にしたのは」

舞衣の口調は淡々としていたものの、過去を思い出すような眼差しはうっすらと潤んでいる。

大学時代の噂話はすべて『舞衣ばかり特別扱いされてずるい、羨《うらや》ましい』といったニュアンスだった。

けれど当の本人は、苦しんでいたのだ。

舞衣の怪我は……舞衣自身も、航星の将来も、優斗との関係も変えてしまった。

特別に見えた三人の関係。

不安定だった航星と舞衣の交際。

優斗がしきりに舞衣を気にかけていた理由。

(なにも気づかなかった。知らなかった。……違う、私が知ろうとしなかっただけ)

優斗がどれほど苦心して航星と舞衣を支えてきたのか。脆《もろ》い絆を守ろうとしていたか。

『特別』の本当の意味。

「優斗は私の怪我の件があったから、美琴ちゃんを絶対に私のような目に遭わせたくなかったんだと思う。だから二人の関係を必死で隠したのよ。大事に守るために。優斗は、私を支えるためにそばにいたけれど、それが結果的に私を隠れ蓑《みの》にして美琴ちゃんを守ることに繋《つな》がっている自覚があったみたい。だから、その後ろめたさで私の甘えを許していただけ。見捨てられなかっただけなの」

舞衣を隠れ蓑《みの》にしたのは、美琴も同じではなかったか。

優斗を取り巻く噂話に巻き込まれるのが怖くて、関係を公《おおやけ》にしなかったのだから。

(それなのに私は、嫉妬して疑って勝手に傷ついて……挙句の果てに卑怯な駆け引きをして別れたんだ)

こんなに――自分を嫌いだと実感したことはない。

泣いてはだめだ、そう思った。泣く資格など自分にはない。

だから美琴は顔を上げた。空は濃い闇に覆われて、星も見えない。

だが、見えないだけで星は存在している。

「優斗の『特別』はずっと美琴ちゃんだった」

舞衣がぽつりと呟《つぶや》く。

それを聞いて、美琴は『特別』が星と似ているのかもしれないと思った。

こうして空を見上げても、星なんか見えないと嘆いて。

キラキラした光ばかり目で追って、遠くで輝いているものを見つけようとしない。

優斗が美琴にだけに示していた『特別』を見ようとしなかったのは、美琴自身。

美琴は、そっと息を吐き出すことで泣くのを耐える。でも、吐息の震えだけは止められなかった。

「私もちょっと意地悪だったかも。美琴ちゃんが優斗と私の関係を気にしているのを知っていたのに、優斗に甘えていたから。私はずっと、優斗も航星も……罪悪感と責任感から私のそばにいるんじゃないかって疑っていたから。無条件で守られている美琴ちゃんが羨《うらや》ましかった」

彼らの『特別』扱いに、舞衣も苦しんでいた。

そして舞衣も美琴を羨《うらや》んでいたなんて――

「私は……舞衣ちゃんには絶対勝てないって思っていた」

「うん」

「舞衣ちゃんは浅井くんと付き合っていたけど、もし舞衣ちゃんが優斗を好きになったら、優斗は舞衣ちゃんを選ぶんじゃないかって、ずっと怖かった」

「そっか」

「ねえ、舞衣ちゃんは優斗のこと、好きにならなかったの？」

ずっと、ずっと舞衣に聞きたかったこと。

大学の違う航星よりも、舞衣は優斗のそばにいたように思った。

恋人であった美琴よりも、舞衣は優斗と長い時間を過ごしていたように思った。

二人でいる時の独特の空気感は、美琴だけでなく誰もが感じていたはず。

「好きになったよ。航星も優斗も出会った時からかっこよかったのよ。バスケが上手で、優しくて、怪我をする前から私を守ってくれた。私、小学生の頃は優斗のことが好きだったの。中学生になってすぐに告白もした」

涙でぼやける視界に、舞衣の穏やかな笑顔があった。

「でも振られたの。美琴ちゃん、私、優斗にはとっくに振られていたのよ」

零れかけた涙を、美琴は必死に拭《ぬぐ》う。

「美琴！」

「あーあ、時間きちゃった。本当に優斗って余裕ないよね、美琴ちゃんにだけは」

ぼそぼそと隣で舞衣が呟《つぶや》く。

駆け寄ってきた優斗は、スーツを脱いでラフな私服姿だった。よほど慌てて来たのか肩で息をしている。

「大丈夫か？　舞衣になにかされていない？」

「どういう意味？　本当にひどいんだから」

「でも、美琴泣いていないか？」

「それ優斗のせいだし」

「……ごめん」

気安い二人のやりとりに、昔もこうだっただろうかと思い返してみる。

けれど、優斗と舞衣の直接のやりとりなど、美琴はほとんど見ていなかった。だっていつも目を背けていたから。

「大丈夫よ、優斗」

「そうよ。誤解はきちんと解いておきました！　これでまた私のせいで別れたなんて思われたらたまらないもの」

「俺はそんなこと言った覚えはない」

「言っていなくても、思っていたくせに！　だから私に新しい連絡先教えなかったくせに。帰国も美琴ちゃんを見つけたことも知らせないし。その上、私たちの結婚式に参加しないなんて言い出したら許さないから！」

周囲の目を気にして一応小声で応戦しているものの、目立つ二人なので、何事かと注目が集まり始める。三角関係の修羅場だと思われているような視線だ。

「舞衣ちゃん、ありがとう」

美琴が言うと、二人はようやく言葉を止めた。優斗は、訝《いぶか》しそうに舞衣と美琴を見る。

「優斗がうるさいからそろそろ行くね」

「航星によろしく」

「美琴ちゃん、幼馴染《おさななじみ》の実態なんてこんなものよ。『特別』でもなんでもないんだから」

去り際に舞衣はそう言った。

そうなのかもしれない。

でも、それはやはり舞衣だけの『特別』で、美琴はほんの少し羨《うらや》ましい気がした。

＊＊＊

優斗は、今日一日の自身の感情の振れ幅の大きさに、思わず美琴と別れた日のことを思い出した。

いろんな意味で心臓に悪いことばかりが次々に起きて、さすがの優斗も弱音を吐きたくなる。

だが、とりあえず今は隣に美琴がいる。

その現実だけは感謝したい。

仕事を前倒しして必死に時間を作ったのだから、本当はデートらしいことをしたかった。

けれど、まずは美琴とじっくり話したい。

別のホテルの部屋にしたのは、単純に自分が滞在中のホテルがだめならと安易に考えただけだ。

美琴は夜勤明けで、たとえ日中休んだとはいえ疲れているだろうし、人目を気にせずリラックスできる場所がいいだろうと。

下心を疑われる可能性に気づいたのはメッセージを送った後。

今朝の美琴は自分から会う時間が欲しいと言ってくれた。敬語も消えた。キスも許してくれた。

彼女との距離がぐっと近づいた気がした。

だから下心がまったくゼロとは言えず、優斗はこの選択を少し後悔していた。

舞衣との偶然の再会は、戒《いまし》めの意味もあったのだろうか。

一度軽くシャワーを浴びて汗でも流そうとホテルに戻ったのが仇《あだ》になった。

少しでも早く涼しい場所に行きたくて、ショップのあるフロアを通り抜けようとしたのもいけなかったのだろう。

『優斗』と馴染みのある声で呼ばれた時、本当に心臓が止まりそうだった。

今回の帰国は、美琴に会うためのものだ。

だから航星にも、帰国したことを舞衣へ言わないよう口止めした。

舞衣は弁護士の父親に頼まれて、書類をホテルに届けにきたところだと言った。その時に、父親から優斗が帰国していたことを教えられたようだ。

指示された通り書類をフロントに預けたところで、偶然優斗を見かけたらしい。

その瞬間、ここぞとばかりに内緒にされていた不満が爆発し、『どうして帰国を教えなかったのか』『父親に聞くまで知らなかった』『もしかして航星は知っていたのか』と優斗を問い詰めたのだ。

舞衣の怒りは、帰国を伝えなかった優斗に対して以上に、航星に向けられた。航星に秘密にするよう頼んだのは優斗だったので、これをきっかけに二人が喧嘩《けんか》をするのも面倒に思えて、コーヒーぐらい奢《おご》れ、という舞衣の要求を、コーヒー豆の購入で手を打ったのだ。

まさかその場面を美琴に見られるなど想像もしていなかった。

美琴が、舞衣に対して複雑な感情を抱いていたのだと気づいたのは、別れたあの日。

そして、再会してからはどれほど不安がっていたのかも教えられた。

(でも多分、本当にはわかっていなかった)

舞衣と一緒にいる優斗を見た時の美琴の表情。

嫉妬に怒るでもなく、傷ついて悲しむでもない、ただなにもかもをあきらめた目。

いろんなものを呑み込んで、溜めこんでいたのだということが、今日の美琴の様子を見てわかった。

思えば美琴と舞衣が親しくなることはなかった。タイプが違うし、施設でのボランティア以外での接触の機会もない。

美琴との関係を秘密にしていたこともあって、大学内で優斗のそばにいることが多かったのは舞衣のほうだ。優斗にとっては舞衣と過ごすのは日常に等しく、至極当たり前のことだった。

でも、もし美琴が大学内で自分たちをよく見かけていたのなら。

そしてそのたびに、あんな表情をしていたのなら。

(俺にとっての当たり前が、ずっと美琴を傷つけていた)

あの頃、優斗は様々な課外活動に夢中だった。早くなにか実績を作って、自立したい思いも強かった。

だから周囲の目も噂話も……気にすること自体が無駄だと思っていた。

舞衣と航星が付き合っていることは美琴も知っているから、関係を誤解するはずがない。

実際美琴は、どれほど優斗と舞衣がともにいる時間が多くても、不満を漏らさなかった。それで、優斗の当たり前を美琴も当然のことと受け止めているのだと思い込んでいた。

(なにも言わなかったんじゃない。俺が言えなくさせていた)

美琴があまり感情を露《あら》わにしないタイプだとわかっていたのに、だからといってなにも感じていないわけではなかったのに。

だから先ほど、舞衣と二人きりであの場に残すのは心配でたまらなかった。

舞衣の要望など聞かなくてよかったのに、なぜか美琴は舞衣と残ることを選んだ。

舞衣が美琴になにを言うかも気になったし、それで美琴が傷ついたらという不安もあって、優斗は急いで彼女たちのもとに戻ったのだ。

舞衣が去り、優斗は今、ビジネスホテルまでのそう遠くはない距離を美琴とともに歩いていた。

こちらの胸が痛くなるほど無表情だった顔は、今は落ち着いているように見える。

泣いてはいないし、強張《こわば》ってもいない。

でも、どこかに感情を置き忘れたような、迷子のような表情。

「美琴、不安にさせてごめん」

「……事情は舞衣ちゃんからも聞いた。私こそ、動揺して醜態をさらしてごめんね」

美琴の表情がほんの少しやわらぐ。

だが、美琴にとって舞衣が動揺してしまう対象であることのほうが問題なのだ。

「舞衣とは本当に個人的な連絡は取っていない。これからもない」

舞衣が文句を言っていた通り、優斗がアメリカに行くことになって連絡先を変更した。舞衣には教えていないが、それでこれまでお互い構わなかったのだ。どうせ航星経由で連絡を取ろうと思えば、いつでも取れる。

「うん……本当は優斗の自由だとは思うけど」

「俺の自由なら、これからもそうする。美琴のためだけじゃない、航星のためでもある」

そう、航星もあれで面倒なのだ。

大学で自分から離れたくせに、優斗が一年の留学から戻ると舞衣の面倒を見ろと言ってきた。そしてその通りにしていれば舞衣との関係を疑い、プライドもあって優斗に言わない代わりに態度で舞衣に示した。そのせいで舞衣は不安定になって——負のループだ。

だから航星のためにも、舞衣との距離は空けたほうがいい。

それに優斗も、美琴が自分以外の男と個人的なやりとりをするのは、やはり嫌だと思った。

大学時代の美琴に男友達がいなかったから感じなかっただけで、今彼女のそばにいる貴之の存在はかなり気になっている。

仕事上仕方がないと思うのに、二人が話している姿を見るとわけのわからない感情に支配される。

優斗も見たことのない、信頼しきった様子の美琴を垣間見ればなおさら。

きっと似たような思いを美琴はずっとしてきたのだ。

「舞衣だけじゃない。他の女性とも必要以上に親しくしない」

「仕事だったらどうするの？」

美琴が少し呆れように、小さく苦笑した。

「仕事として関わるだけにする。俺の『特別』は美琴だから」

そう言い切ると、美琴が泣きそうな目をした。

過去、美琴には舞衣が『特別』に見えていたかもしれない。

でもきっと、第三者が優斗と美琴が一緒にいるのを見れば、彼女こそ『特別』に見えたはずだ。

「昔も今も、俺の『特別』は美琴だけだ」

美琴はほんの少し嬉しそうに笑みを浮かべてくれた。


ビジネスホテルの室内は思ったよりも綺麗だった。

今滞在している部屋が広すぎるせいか狭く感じはするものの、二人掛けのソファやテーブルはちゃんと備え付けられている。

だが今は、この狭さが美琴との距離を縮めてくれるようでありがたかった。

優斗は美琴をソファに座らせると、冷蔵庫からペットボトルの水を取り出す。

グラスに注ぐと、ひとつを美琴に手渡した。

「ありがとう」

いつもの美琴の雰囲気に戻ったようでほっとする。美琴がグラスの水を半分ほど飲んでいるのを横目に、優斗はその隣に腰を下ろした。

「舞衣ちゃん、昔も綺麗だったけど今も綺麗ね」

「……昔から見慣れているから、綺麗なのは事実だろうけどあまり関心はない。俺は、美琴のほうが綺麗だと思う」

美琴は綺麗というよりはかわいらしい感じだけれど、彼女のまとう雰囲気が優斗には綺麗で好ましい。

美琴が驚いたように目を瞠《みは》って、そしてほんのり頬を染めた。

たまに見せるこの隙が優斗の心を掴《つか》んでいたことを、きっと美琴は知らない。

「そ、それにあんなに明るい感じだった？　優斗とのやりとりを見てちょっとびっくりした」

照れ隠しするように話題を変えるのもかわいい。

美琴が驚くのも無理はない。彼女は大学時代の舞衣しか知らないからだ。

舞衣は、小学生の頃はバスケもしていたし、明るく元気なスポーツ少女だった。今日の様子が本来の舞衣と言える。

「元々ああいう感じだった。嫌がらせをされても、立ち向かっていたし。けれど怪我をして、後遺症に苦しんで……航星と付き合いだして一度は落ち着いたのに、大学で離れてまた不安定になったんだ」

舞衣の不安定さは、後遺症と、大学で航星と離れたことに起因している。

あの事件のあともしばらくは情緒不安定だったが、航星が医学部を卒業し二人で暮らすようになってから、だんだんと落ち着いてきた。ちょうど体質に合う薬が出たのもよかった。

「航星と二人で暮らすようになって、昔みたいに戻った。航星はさっさと結婚したかったのに、結婚のタイミングは自分が決めるって舞衣が言い張って。だからようやくだ」

航星の愚痴の相手は面倒だが、アメリカにいたおかげで、大学時代ほど二人に振り回されずにすんだ。そして舞衣もやっと航星のプロポーズに頷いた。

「そう……よかった」

二人の結婚が決まったからといって、美琴の不安がゼロになるわけではないだろう。

それに——今後の状況次第では舞衣の父親との関わりが増えるし、舞衣が事務所に勤務しているのなら接触が皆無とはいかないかもしれない。

やはり、美琴には説明すべきなのだろう。

「美琴、君に話しておきたいことがある。俺の実家についてだ」

最近忙しかった理由は、仕事のためだけではなかった。

美琴と車の中でキスをしている最中にかかってきた電話。

あれが発端になって面倒な事態に陥《おちい》った。

美琴が身構えるようにして、優斗をじっと見た。

「俺も小学生の時、ほんの短い間だったがひまわり園で過ごしたことがある。俺の両親が事故で死んで、すぐには親族と連絡がつかなかったからだ」

美琴は目を大きく見開いて驚いていた。

「優斗もひまわり園に？」

「ああ」

（やっぱり……覚えていないか）

そしてそのほんのわずかなひと時に、実は優斗は美琴と出会っていた。

優斗は当時ものすごく小柄で、そして両親を亡くしたショックでずっと泣いていた。美琴は逆に背が高く、先に施設にいたこともあって大人びて落ち着いて見えた。

美琴はおそらく優斗を年下だと思っていたに違いない。

だから、泣く優斗を慰め、時には抱っこしてあやしてくれた。優斗も年上のお姉さんだと思って甘えていた。当時を思い返せば恥ずかしいほどの甘え方だ。

バスケットだって、きっかけは美琴だった。

身長が低くてボールが届かずめそめそ泣く優斗を、美琴だけは馬鹿にせずに、必ず大きくなるし練習すれば上手になるよと慰めてくれた。

優しくてかわいい年上の女の子。

美琴は優斗の初恋だ。

本当は施設に会いに行きたかった。

けれど、引き取られた親族に施設に関わることを禁じられたのだ。隙を見て施設へ行った時には、もう美琴はいなかった。

それから優斗は、その初恋の子である美琴をずっと想っていた。

だから、大学生になってバスケットコートで美琴を見かけた時、思い出の初恋の女の子かどうか確かめたくて、ボランティアを始めたのだ。その頃には親族も優斗の行動に口を出さなくなっていた。

同じ大学で同級生だと知った時は、本当に驚いた。

そして同級生の女の子に、幼い子どものように世話を焼かれていた事実が恥ずかしかった。美琴が覚えていないのもあって、本当の出会いを優斗はいまだに話せずにいる。

「祖父が少し大きな会社を経営している。だけど長男で跡継ぎ候補だった俺の父は、祖父が勧めた政略結婚を蹴って母と結婚した。母は貧しい生活環境で育ったから、祖父は二人の関係を認めなかったんだ。父は勘当されて、駆け落ち同然の結婚だったらしい。だから俺は両親が亡くなるまで、父の実家が会社を経営していることも知らなかったし、親族と顔を合わせたこともなかった」

両親が亡くなった後、優斗を引き取ったのは父の弟である叔父夫婦だ。

だが母親似だった優斗は祖父には受け入れられず、絶対君主である祖父に逆らえない叔父家族も、優斗を家族の一員としては扱わなかった。

客扱いされただけで、虐《しいた》げられたわけではない。

両親の遺産もあったので経済的な苦労はなかったし、世間体を気にする一族だから必要な教育は受けられた。

なにより、転校先の小学校で出会ったバスケ仲間や友人たちには恵まれていた。

家族旅行で一人置いて行かれても、親族の集まりに出られずとも、誕生日などの祝い事がなくても、友人たちが代わりにしてくれた。

血の繋《つな》がった家族との関係は薄くとも、友人たちとの絆は強く、彼らが優斗の家族代わりだったのだ。

だが、従兄弟《いとこ》である叔父夫婦の息子と優斗は年齢が近かったため、成長するにつれ親族に比較されるようになった。優斗が高校時代にアメリカ留学することになったのも、受験で精神的に追いつめられた従兄弟《いとこ》を刺激しないためだ。

ただ、それをきっかけに航星と舞衣の関係が進展したし、海外の教育を受けられたおかげで今の自分がある。

優斗の説明を、美琴は黙ったまま聞いていた。

「叔父夫婦に引き取られる際の条件が、俺の相続放棄だった。成人した時に改めて正式な書面も交わした。祖父の遺産が俺に入ることもなければ、会社に関わることもない。大学卒業後は叔父家族を含めた親族とも顔を合わせていなかった。だから今回祖父が入院したと知らされても、俺には関係ないはずだったんだ」

優斗が活躍すればするほど、祖父はそれを煙《けむ》たがった。

留学したのも、そこで起業して拠点をアメリカにしたのも実家と距離を置くためだ。

不意に、美琴の手がそっと優斗の手に触れた。

そうされて初めて、自分が拳を強く握り締めていたことに気づいた。

聞きたいことはたくさんあるだろうに、美琴はただ耳を傾ける。

いつもそうだった。

寄り添うようにそばにいてくれた。言葉は少なくとも態度で示してくれた。

絶対的な味方だと優斗が実感できるほど。

だから居心地がよくて、それに甘え続けたのだ。

優斗は指の力を抜くと、自分の手を美琴の手の上に重ねた。

「祖父は入院して気弱になったんだろう。さらにこのタイミングで、跡継ぎ候補の従兄弟《いとこ》が祖父の望む相手との縁談を拒んで、関係がうまくいっていなかったらしい。だからか、今になって相続放棄を撤回してやるから、会社を手伝えと言ってきた。ご丁寧に婚約者候補まで見繕って」

黒川家の顧問弁護士からの連絡を無視できなくなったのはそのせいだ。

今日の午前中にかかってきた電話がまさしくそれで、日本にいるなら今のうちとばかりに、勝手に見合いをセッティングされた。

優斗は怒りも露《あら》わに通話を切り、もちろん見合いなど行きはしなかった。

叔父がトップに立っても、祖父の影響力は大きい。

叔父は現状を維持するのに必死で、なにもかもが中途半端になっており、あまり経営状況は芳《かんば》しくないらしい。

従兄弟《いとこ》はやっとアメリカの大学院を出たばかりで、経営に携《たずさ》わるには未熟。その上、経営を立て直すための頼みの綱の縁談も拒んでいる。

だから実績と経験のある優斗を呼び戻そうとしているのだ。

経営の舵取りの難しさは優斗も身に染みて理解しているが、それとこれとは別だ。

黒川家の顧問弁護士は、莫大な遺産が入る可能性がある上に会社経営にも携《たずさ》われるのだから、優斗がこの申し出を断るはずがないという前提で連絡してきた。

優斗にしてみればその前提がおかしい。

祖父をはじめとする、特権階級意識が高く血筋ばかりを重んじる親族のせいで、優斗の母親は受け入れてもらえなかった。

叔父家族に引き取られてからも、親族たちの思惑に振り回された。

どんなに金を積まれても、優斗は彼らと関わる気はない。

過去に、実家と問題が起きるたびに間に入って対処してくれたのが、弁護士である舞衣の父親だった。だから舞衣は優斗の家庭の事情をよく知っている。

そういう関係性も舞衣との距離感が近かった原因だろう。

今日、舞衣が持ってきた書類もそれに関するものだ。優斗が直接動くと差し障《さわ》りがあるので、舞衣の父親経由で、会社の現状や一族の情報を集めてもらっていた。

まさか舞衣が父親の事務所で働いているとは思わなかったから、自分が帰国していたことについて彼女の父親に口止めしていなかったのだ。

『婚約者候補』と告げた時に、美琴の体がぴくりと震えた。

見れば、彼女は優斗に不安そうな目を向けている。

(だから本当は言わずに片をつけたかった)

優斗は、美琴の手をぎゅっと握って続ける。

「美琴、俺が相続放棄を撤回することはない。婚約者候補とやらに会うことも絶対ない。黒川家とは縁を切る。そのことを再度舞衣の父親に依頼して一任した。でも祖父の入院で、今あの家は右往左往していて、正直なにをしてくるかわからない。だから、俺はホテルを出ようと思う」

これまで彼らは優斗に無関心だった。

けれど祖父の入院で、水面下でうごめいていたあらゆる問題が噴出する可能性がある。

優斗が現在日本に滞在していることを知られたのがまさにそれだ。

これを機会に、優斗に接触を試みようとする輩《やから》が出始めている。しかも、大学時代の優斗を知っている女性たちの中には、今回の婚約話に嬉々として手を挙げている者がいるらしい。

一番いいのは今すぐにでもアメリカに戻ることだ。

今回の日本滞在の目的は美琴との再会で、それはすでに叶っている。

日本で請け負った仕事も、今後はオンラインのやりとりで大丈夫な段階にあった。

いずれ美琴も日本での勤務を終える。

だが、それまでのわずかな期間とはいえ、美琴一人を日本に残してアメリカに戻る気にはなれなかった。

「美琴の存在を彼らに知られたくない。君を傷つけられるのは嫌なんだ」

祈るように、優斗は美琴の手を自身の額《ひたい》に押し当てた。

「大学時代と同じことを君に強要したくはない。美琴を隠したいとか、都合のいい存在扱いとか、そんなつもりも決してない。でも――」

「わかってる。大丈夫。今度は私のためだって、わかってるよ」

「まだ俺たちの関係も不安定なのに……実家の事情に巻き込みそうですまない」

美琴を守るためにはきっと、一旦関係をきっぱり断ったほうがいいのだろう。

けれど、ようやく再会できたのにそうする勇気がないのだ。

今離れてしまえば、また美琴を失いそうで怖い。

「せっかく会えたのに、やっとこうして触れることができたのに」

「優斗」

名前を、呼んでもらえるようになったのに。

「美琴、触れさせて。君を感じたい」

美琴が腕の中にいることを実感したい。

美琴は返事の代わりにふわりとほほ笑むと、そっと目を閉じた。

＊＊＊

優斗の掌《てのひら》が優しく美琴の頬を包み、かすかに唇が触れた。

本当は真のことを伝えられたら、と思っていた。

けれど思いがけない舞衣との遭遇に、彼女から知らされたあの日の出来事。

舞衣視点での彼らの関係性は、美琴が思い描いていたものと違っていて、いまだうまく整理できていない。

さらに初めて聞いた優斗の複雑な家庭環境と、祖父の突然の入院に伴う状況変化。

その対応に追われ苦しんでいる優斗を目の当《ま》たりにした今は、彼を慰めたい気持ちが勝る。

二人が通った大学は経済的に裕福な層が多かった。優斗のように小学生からの内部進学生であればなおさら、親族が会社経営をしているなど珍しくもない。だから祖父が会社経営をしていると聞いても、ああ、やっぱりとしか思わなかった。

だが、叔父夫婦に引き取られても、祖父に受け入れられなかったために家族扱いされていなかったという話には驚いた。

容姿も能力も経済的にも恵まれて、苦労などなにもなさそうだった。すべてを思うままに手に入れているように見えた。

家族の絆が薄かった彼にとって、小学校からずっと一緒の友人たちの存在はどれほど大きな支えだったことだろう。

航星や舞衣との親密さは、幼馴染《おさななじみ》や親友という枠を超えたものだったのだ。

そして一時的とはいえ優斗がひまわり園に預けられていたなんて、想像もしていなかった。

優斗があれほど施設への支援に積極的に関わっていたのは、そのためだったのか。

（――私は優斗のなにを見ていたのだろう）

彼の華やかな部分ばかり見て、友人たちとの絆の強さを羨《うらや》ましがって、勝手に疎外感を抱いて、嫉妬した。

なんて幼い、おままごとのような恋愛関係だったのだろうか。

様々な情報を一気に与えられて、美琴も混乱している。

だから彼を癒すと同時に、自分も癒されたいと思った。

角度を変えながら、幾度《いくど》となく唇の表面を触れ合わせた。離れると目が合って、そしてまたキスを繰り返す。

抱きしめたい——そんな感情がわき上がって、美琴は優斗の背中に手を回した。

あの頃よりも広い背中なのに今は小さく感じる。

真を産んでから、抱きしめ合うことの大切さを実感した。

このぬくもりを腕の中で守りたい。この重みを覚えておきたい。ずっと抱きしめていたい。

優斗に対しても同じことを感じる。

自然に舌が絡んだ。美琴はためらうことなく、優斗の舌の動きに応える。

それをきっかけに、優斗の舌が遠慮なく美琴の口内を動く。あふれてくる唾液を呑み込んで、美琴もそれを与える。

静かな部屋に響くのは、いやらしく絡む舌が出す唾液の音。

唇の端から零れたそれを追いかけて、優斗の唇が首筋をたどった。

優斗の手が美琴の胸に触れる。

戸惑ったのは一瞬だけ。

だから美琴はキスを続ける。彼の手がブラウスのボタンを外しても、ブラのホックを外しても、直接その手が胸に触れても。

やや乱暴にブラウスを押し下げると、優斗は胸元に舌を這わせた。

「美琴……拒んで」

ちゅっと小さく吸い付きながら、優斗は相反する言葉を漏らす。同時に熱い息が肌をなぞった。

美琴の胸は優斗の目にさらされている。

きっと触られもしないのに、乳首が尖っているのが見えているはず。

「このままだと止まれない」

かすれた声で優斗が言葉を吐き出した。

「いい。止まらなくて」

美琴は自らブラウスを脱いでブラを抜き取った。

優斗が驚いたように離れて美琴を見つめる。美琴もそらすことなく見つめ返す。

欲を孕《はら》んだ眼差しは、男っぽくてぞくぞくする。

いつも穏やかで紳士的な彼の、こんな時にだけ見せる男の表情。

そしてそれに引きずられるように、美琴もまた女になる。

胸の大きさも形も昔とは違うだろう。出産後の体が彼の目にどう映るのか気になるが、今は優斗を受け止めたい。

触れ合うことで彼を癒せるのであれば、互いに幸せを与え合えるのであれば、この行為がどこか神聖なものに思える。

「手を出さないために、あえて避妊具は用意しなかったのに……」

逢瀬の場所をホテルにしても、優斗なりに配慮したのだろう。美琴の気持ちが追いつくまで待とうとしてくれた。

それが嬉しい。

「私も今はピルを飲んでいない」

避妊具がなくてもいいよ――そう言ってしまいそうになるのを抑えるために、美琴はあえて伝えた。

真を産んだことは後悔していない。でも、予定外の妊娠はやはり避けたい。

もし今後そんな機会があるなら……安心できる環境で迎えたい。

真には与えてあげられなかったから――

「耐えられるかな」

「耐えて、ね」

優斗は恨めしそうに美琴を睨んだものの、美琴を背後から抱き上げて膝の上にのせた。

再びキスが深まる。

背後から両方の胸を包み込み、自身の膝で美琴の脚を広げた。ふんわりとしたフレアのスカートが広がって、ストッキングを穿いていない素足が太ももまで露《あら》わになる。

深く舌を絡めながら、優斗は胸の先を指先で軽くしごいた。

かすかな刺激で美琴の体は小さく跳ねる。過去何度となく触れられた、弱い場所のひとつ。優斗も、そして美琴も覚えていて、変わらず彼の腕の中で反応する。

「んっ、んんっ」

片方の手は美琴の太腿に置かれ、優しくさする。膝頭も美琴が感じる場所で、彼はくすぐるように触れた。下着が一気に湿ったのがわかる。

すかさず彼の指が下着の上からそこをなぞった。恥ずかしくて脚を閉じたいのに、彼の脚に阻《はば》まれて叶わない。

「ゆっ……！　あっ」

下着の上を、優斗の指はゆっくりと上下に動く。布一枚が強い刺激をやわらげ痛みもない。

「美琴、濡れている」

「やっ、言わないで」

耳元で低くかすれた声で囁《ささや》かれるだけでも弱いのに。

「下着汚すけど、ごめん」

それはぎりぎりまで直接触れないという宣言。

昔も、そう言われて下着がびしょ濡れになるほど攻められたことがあった。蜜が染みて布を触るだけで糸を引くようになるなんて、これほど恥ずかしいことはない。

かといって、脱がせてほしいなんてことも口にできない。

「優斗も汚しちゃう」

「構わない」

口内は舌が這い、片方の胸の先は小刻みに揺らされる。同時に下着の上の指も美琴の敏感な粒を捉《とら》え、挟んではしごいた。

ぴちゃぴちゃと唾液の混ざる音が響く。下肢のほうからは鈍い粘着質な音も混じる。

ベッドはすぐそこにあるのに、最後までしないためか優斗はソファから動かない。

美琴のおしりには硬いものが当たっている。それでも今夜はそれが美琴の中に入ることはない。

「あんっ、はっ、優斗っ」

はっきりとわかるほど膨らんだ粒をぎゅっと押されて、美琴の体が小さく跳ねた。

「やんっ……」

「軽くイけた？」

美琴の耳を食《は》んだ優斗は、ようやく下着をよけてそこに直接触れる。

そして久しぶりの感触を確かめるように、指でゆっくりと中を探った。

「やっ、ゆうっ」

「ああ、美琴のここ、熱くてとろとろになっている。入れたらすぐにもっていかれそう」

優斗の指が増え、広げては蜜を零し、襞をなぞっては刺激を与える。

空いた手が美琴のふくらはぎを掴《つか》んで広げ、片足をソファの座面にのせた。スカートがさらにめくり上がって、その部分が丸見えになる。

見下ろせば、優斗の指が美琴の中を出入りするのが見えた。彼の指が動くごとに中から蜜が飛び散る。

「弱い場所は変わってない？」

そう耳元で囁《ささや》き、優斗はその部分を激しく抉《えぐ》った。

痛みにも似た快楽が、一気に美琴の背筋を通り抜ける。背中を反らせて胸を突き出しながら、美琴は腰を揺らした。優斗の指は動きを止めることなく、その部分を集中して攻める。

「あっ、ゆうっ、そこっだめっ！」

「ああ、やっぱりここがいいんだな」

美琴の弱い部分が過去と変わっていないことを喜ぶような声。

彼の指は的確にそこをついて、美琴の背中に痺《しび》れを運ぶ。全身に熱がこもる。体の奥からなにかが爆《は》ぜそうになる。大きな波が美琴を呑みこもうとする。

「ひゃっ……ああっ！」

あまりにも高く大きな声が出て、美琴は口を塞ごうとした。

欲情に満ちた女の卑猥《ひわい》な声音。それを耳にするのが恥ずかしくてたまらない。

「声、抑えないで。美琴のその声、ずっと聞いていたい」

そう言って、優斗は美琴の手を口元から離す。

耳たぶを食《は》み、首に吸いつき、舌でなめる。その間も優斗の指は緩急つけて美琴の中で蠢《うごめ》く。達する直前で緩《ゆる》め、また激しさを加えることで、徐々に美琴を高みへと導いた。

「あっ……んっ、も、だめっ」

こんな風にされると、もどかしくてたまらない。もっとはっきりとした刺激を求めて、美琴の腰が勝手に揺れる。それに合わせて美琴の胸も淫《みだ》らに跳ねる。

「美琴、いやらしくて、かわいい。もっと乱れて」

「あっ……はっ……ゆうっ！　ああっ」

胸の先を弄《いじ》られながら指を激しく抜き差しされて、美琴はすがりつくように優斗の首の後ろに手を回した。

腰ががくがくと揺れる。視界が真っ白に染まる。どこかに飛ばされそうで、それでいて解放されたいとも思う。

優斗は中に指を入れたまま、美琴の震えがおさまるのを待っている。

美琴の奥に溜まっていた蜜が、彼の指を伝って落ちていくのがわかった。

久しぶりに与えられた快楽は、美琴の女の部分を明らかに目覚めさせた。

奥が切なく疼《うず》いて、勝手に優斗の指を締めつける。それはとても卑猥《ひわい》な動き。さらなる刺激を求めて腰が揺れる。

「ゆ、う、だめ」

「動いているのは美琴だ。離すまいと俺の指を締めつけている」

指を抜いてほしい。でも、同じぐらいもっと奥を抉《えぐ》ってほしい。激しく動かしてほしい。

「んっ、ん」

顔を近づけた優斗の舌が伸びて、美琴はそれを受け入れた。互いの唾液を舌で混ぜるように動かしつつ、優斗の指は再び美琴の中をくすぐる。

小さな指先の動きだけで、ぐちゃぐちゃとこもった音がした。

脱がされていない下着は、すでに意味をなさない。もどかしい指の動きが物足りない。

「あっ、ああ、ゆう、と」

「いつか俺ので埋めてあげる。だから、今夜はこれで我慢して」

不意に彼の指が抜かれ、蜜塗《まみ》れになったそれが美琴の敏感な粒をなぞった。すっかり膨らんだその部分をかするように触れたあと、小刻みに軽くひっかく。

同じ動きで美琴の胸の先をくるくると撫でた。

優しく静かな愛撫なのに、一度大きな快感に導かれた体はすぐにまた高まっていく。美琴は得られない切なさを少しでも埋めたくて、優斗にキスをねだるべく涙目で見つめた。

「美琴、好きだよ。俺の腕の中でイって」

激しいキスを交わして、美琴は優斗にすがりついた。美琴は再度彼の望み通りに、迫りくる快楽に身を委《ゆだ》ねた。

全身が震える。

脱力した美琴の体を支えるように、優斗がきつく抱きしめる。美琴は肩で息をして、優斗も興奮を逃すべく息を吐き出した。

上半身は裸で、スカートは腰のところでもたつき、下着はしとどに濡れている。美琴の下半身には優斗の硬いものが当たったたままだ。

美琴が顔を上げると、優斗と目が合った。

このまま理性などなくして繋《つな》がりあえたら——そんな情欲の炎がお互いの目の奥で揺らめいている。

優斗の手が下着を脱がそうとかかり、美琴も優斗の膨らみに手を近づけた。

静寂を破ったのは、規則的な振動音。

二人の暴走を止めるように、その音は鳴り続け、止まったかと思えば再び鳴る。

動きを止めて、しばし互いに見つめ合った。

「電源切ればよかった！」

それを三回繰り返したところで優斗はそう言い放つと、観念して電話に出た。

＊　＊　＊

美琴と二人きりになれた時は、スマートフォンの電源を切っておくべきかもしれない。

現実的ではないことを、優斗はふとした時に考える。

なんとか時間を確保して二人になれる機会を作ったのに、舞衣と実家の件で慌ただしくさせてしまった。

そして、そのまま美琴に甘えて——彼女が拒まないのをいいことに体に触れた。

六年ぶりに見た彼女の体は、大人の女性としての艶《つや》めかしさがあった。胸はやわらかさと大きさを増し、肌もしっとりとしていてなめらかだった。吐き出す息は熱く、喘ぎ声は甘く響き、快楽に染まる表情は優斗の理性をすぐに破壊した。

ようやく腕の中に取り戻せたと思ったし、言葉にはせずとも気持ちは重なっていると感じた。あのまま二人で過ごすことができていれば、六年の空白の一部は埋められたかもしれない。

（もう離れるのは無理だ……今度は絶対離さない）

これまでの六年を、よく一人で過ごしてきたものだと思う。

アメリカ留学に起業と、日々の慌ただしさによって空虚さを埋めていただけだった。

美琴と再会して、それを強く実感した。息はしていても、生きてはいなかった——そんな気さえする。

今も忙しいけれど、美琴に会えると思うだけで活力が出る。日常が鮮やかに映る。

だから、邪魔するようにかかってきた電話が腹立たしくて仕方がなかった。

黒川家の顧問弁護士経由のそれは、『やはり遺産は渡さない。今後黒川家や会社との関わりも禁じる。そのための念書を書くように』という内容だった。

優斗が見合いをすっぽかし続けたことが祖父の逆鱗《げきりん》に触れたのだろう。元々自分の思い通りにならない相手はすぐに切り捨てる人だから、予想通りではある。

優斗にとっては願ってもないことだ。

だから舞衣の父親に一任したかったのに、祖父は目の前で直接署名しろと命じて許さなかった。

この際だから、こちらからも同様のことを要求しようということになり、すぐさまその対応に追われることになったのだ。

舞衣の父親と相談した結果、祖父と優斗だけの約束だと、祖父亡き後、再度問題になる可能性が高いと判断し、親族も交えて行うことにした。現在、水面下では勝手に優斗を擁立しようとする側と、それを阻止したい叔父や従兄弟《いとこ》側とで社内の勢力が二分しているらしい。

あえて叔父側の親族を味方につけるため、優斗は父から相続していた会社の株の一部を彼らに譲ることにした。これで、優斗が本気で黒川家との断絶を望んでいると相手もわかるだろう。アメリカに逃げることで放置していた面倒な実家関係を清算することにしたのは、やはり美琴との再会の影響が大きい。

本音を言えば、実家の件を彼女がどう感じるかは不安だった。

万が一実家からの接触があった場合は、必ず自分に知らせてほしいと頼むと、美琴は頷いてくれた。

ただ、彼女自身もそろそろ日本での勤務を終える。たとえ美琴の存在を知られても、手出しできない場所に逃げることは可能だ。

離れるのは嫌なのに、それが安心材料になるとは皮肉なものだと思う。

美琴は日本での勤務を終えたら、少し長めの休暇がもらえるのだと言っていた。優斗が休みを合わせれば、いくらだって二人だけの時間を過ごせるはずだ。そう前向きに考えることで、あの日からゆっくりとした時間が取れずにいる現実を乗り越えている。

アメリカに戻ったら、今度は東南アジアでの業務開拓に取り組むのもいい。マイクは『日本から戻ったかと思えば、今度は東南アジア!?』と嘆きそうだが仕方がない。

仕事の打ち合わせが終わったタイミングで電話が鳴って、優斗は身構えながら画面を見た。

また実家関連の電話かと思えば、マイクからだった。ちょうど彼を思い出していたこともあって、優斗は苦笑する。

彼からの電話など珍しい。おそらく仕事に関することだろうし、ついでに東南アジア方面についての市場調査を依頼するのもいいかと考えながら電話に出る。

けれど、マイクの用件は美琴に関することだった。

優斗が美琴を捜していたことはマイクも知っている。彼も情報集めに協力してくれていたからだ。

勤務先という情報を入手した時に優斗は日本へと渡ったのだが、マイクは大学で知り合った人の伝手《つて》を頼って美琴の調査を継続していたという。

「マイク……そんなこと俺は頼んでない！　プライバシーの侵害だ」

優斗は声を潜《ひそ》めつつも思わず強い口調で言った。

美琴に再会した今、聞きたいことは直接彼女に聞けばいい。

離れていた間、彼女がなにを思いどう過ごしていたかなど、時間をかけてゆっくりと教えてもらえばいいのだ。

美琴はいまだはっきりと気持ちを口にはしない。

それでも、彼女の様子や態度で、優斗を受け止めようとしてくれているのは感じる。

今はそれで充分だ。それなのに――

『ユウト、君は彼女に子どもがいることを知っているのか？』

マイクの言葉の意味がすぐには理解できなかった。

「悪い、マイク。今なんて？」

『子どもだ。彼女は両親と三、四歳ぐらいの子どもと一緒に暮らしているようだ』

「子ども……？」

『詳細はわからない。必要なら調べるぞ』

「待て、マイク。親戚や知り合いの子どもを預かっているのではないのか？」

予想もしていなかった内容に、目の前の景色が歪んで見える。

電話の向こうで、マイクの呆れたようなため息が聞こえた。

『ユウト、その様子じゃ彼女から話を聞いていないようだな。信じたくはないだろうが、彼女の子どもである可能性が高い』

マイクは淡々と語る。そこに嘘や冗談の気配はない。そもそも、そんな必要もない。

冷や水を浴びせられた気がした。

足元の奈落に一気に突き落とされたように、優斗は思わずふらつく。

（……子ども？　美琴に子どもがいるってことは――）

――誰かと……結婚していた？

その事実は優斗には衝撃だった。

六年は短い時間じゃない。

優斗と別れた後、彼女が誰かを愛し、結婚をして子どもを産むには可能な年月。

彼女にそんな相手がいた――そう思うだけで、喉が締めつけられたように息ができなくなる。

無言になった優斗に、電話の向こうでマイクがしきりに名前を呼ぶ。

優斗は再会してからの美琴を思い出す。

再会に喜びもなければ、動揺も見られなかった。優斗の心情とは正反対の様子で、彼女は冷静に受け止めていた。頑なに敬語を使い、過去の間柄などなかったかのように他人行儀だった。

児童養護施設に行った時は、時折泣きそうな表情をしていた。手慣れた様子で赤ちゃんをあやしていた。

優斗の気持ちにも、ずっと戸惑っていた。
三、四歳なら——優斗の子どもではないことは明らかだ。
日本での勤務が期間限定なのは、そのためだったのだろうか。

あの肌に、体に、自分以外の男が触れたのか。結婚という大切な約束を交わした相手がいるのか。

次々と様々な考えが浮かんでは消え、思考が混乱する。

「マイク、少し考えたい。だけど、これ以上、美琴の調査はしないでくれ」

優斗は声をかすれさせながらもなんとかそれだけを告げると、マイクの返事も聞かずに通話を終わらせた。

頭が割れるように痛い。心臓がさっきからうるさい。息が苦しい。

優斗は全身に訪れる様々な苦痛に耐えながら、目を閉じて荒れ狂う感情を必死に抑え込んだ。

＊　＊　＊

車の中でのキスも、ビジネスホテルでの触れ合いも、優斗にかかってきた電話によって中断させられた。まるで誰かが自分たちを見ていて、それ以上先に進むなと禁じているようだ。

それとも逆だろうか。

やるべき順序を守ってから、関係を進めていくようにという警告だろうか。

あの日の電話は優斗の実家関係で、最初は弁護士を通してくれと突っぱねていた彼も、折れざるを得ない用件だったようだ。

優斗はビジネスホテルの宿泊をキャンセルし、美琴をタクシーでホテルまで送ってくれた。

もし電話がなければ、あのまま触れ合いは続いただろう。

美琴は到底拒める気がしなかったし、優斗の理性もどこまで保てたかわからない。

本能の赴《おもむ》くままに体を繋《つな》げた可能性は充分あったから、あそこで止まれてよかったのかもしれない。

真のことも、自分の気持ちもまだ告げられていないのだから。

翌日は勤務が休みだったこともあり、美琴は自室で舞衣と優斗がそれぞれ語ったことを思い返しては、いろいろなことを考えた。

あの頃、交際を秘密にせずに優斗のそばに堂々といれば、二人の関係を誤解せずに済んだだろうか。だがそうすれば、嫉妬の目は美琴に向けられ、噂の渦中《かちゅう》に常にさらされただろう。

自分はそれに耐えられただろうか。

優斗の実家の事情を知っていたら、二人を見る目は変わっただろうか。

だがそこまで赤裸々に語り合えるほどの信頼関係が、そもそも自分たちの間にあったのか。

どんなに想像して悔《く》いてみても、過去には戻れない。

だからといって、思いを馳せることが無駄だとは思えなかった。

答えは出ずとも必死に考えて、相手の視点に立って、あの頃の過去の自分を見つめ直す。

美琴はあえて、その苦痛な作業を自分に課した。

そして、それらの反省をどうしたら未来に活かせるか考えた。

行為を中断させたあの電話が、再度過《あやま》ちを繰り返さないようにという警告であったのなら、美琴がまずすべきことは、やはり真の存在を伝えることだ。

そして自分の素直な気持ちを告げる。

だが、優斗は実家の騒動に美琴を巻き込みたくないからと、やはりこのホテルでの滞在期間を途中で切り上げることに決めた。

そのせいでさらに忙しくなり、朝のわずかな逢瀬の時間もなくなった。ゆっくり会う時間を欲しているのはお互いわかっている。

それでも、今の優斗にその時間を確保するのは難しいのだろう。

美琴は、優斗の部屋で移動のための荷物の整理をしていた。

彼が次の滞在先に選んだのは、情報が表には出ていない類《たぐい》の居住専用のホテルだ。一般の宿泊客を受け入れていないので、セキュリティレベルも格段に上がる。

優斗の持ち物は衣服がほとんどで、美琴は皺《しわ》にならないように慎重にパッキングして、スーツケースに収めていった。

実際、彼が懸念していた通り、フロントには優斗の滞在に対する問い合わせが増えつつある。

今のところ直接ホテルまで突撃してくる人はいないが、それも時間の問題に思えた。

美琴は、話を聞いてから優斗の祖父が経営する会社を調べた。

優斗は、たいした規模ではなさそうな感じで話していたが、その分野では名の知れた歴史のある会社だった。

代々、親族経営を続けており、優斗の祖父で三代目。ここまで大きくしたのも祖父の手腕によるところが大きいらしい。

血筋にこだわる家だと優斗が言っていたように、姻戚関係をさかのぼると大体が名家の関係者に繋《つな》がる。優斗の祖母も、叔父の妻も良い家柄の出身だった。

優斗は縁を切る、とさらりと言っていたが、果たしてそれが可能なのだろうか。

覚悟を決めたとはいえ、この状況下で真の存在を告げることが果たしていいのかどうか、美琴はどうしても迷ってしまう。

優斗の不利益になる可能性。余計な負担を増やす懸念。優斗の実家が真の存在を知れば、どうなるかという不安。

優斗は今、実家への対応に追われ、新たな滞在先を探して契約し、彼自身の仕事をこなすという忙しい日々を送っている。

疲労の色も濃く、美琴と顔を合わせて笑みを浮かべても表情は硬い。

そんな様子を見ていると、ますます伝えづらかった。

その上、つい先日、母との電話で義父の海外転勤の話が浮上していることを知らされた。転勤の話はこれまでも出たが、真が小さかったこともあって義父は断ってくれていたのだ。

だが、真も五歳。

これ以上先延ばしすることは厳しく、おそらく今回は転勤を受け入れるだろうと言っていた。

よって、美琴はこのまま東南アジアに残り真と二人だけで暮らすのか、義父の転勤先についていくのか考えなければならない。

日本に戻ることもできるし、優斗との関係次第ではアメリカに行くという選択肢もある。

義父は、真自身にも考えさせたらどうかと提案してきた。

どの国での教育を望むのかは大事だからと。

義父自身、中国人の両親のもとに生まれたが、ずっとアメリカで育ってきた。自分は中国人なのかアメリカ人なのか、十代の頃はアイデンティティに悩んだという。

真は、会話は今のところトリリンガルでこなせるが、読み書きは意識して取り組まなければ英語がメインになってしまうだろう。

数日後には、優斗はこの部屋からいなくなる。そして、それに続くように美琴も日本での勤務を終える。

その前に話す時間は確保できるのだろうか。

美琴はうだうだと悩みながら荷物の整理を続ける。

そしてキリがついたところで、スタッフからのＳＯＳが久しぶりに入る。美琴はすぐさまスタッフのもとに向かった。

＊＊＊

優斗は次の顧客との打ち合わせに向かうべく、タクシーを探していた。

日差しは日に日に暑さを増し、時に肌を刺す。サマージャケットを脱ぐと、少しだけ汗がひいた。

実家の件と、それに伴う仕事の前倒し、そして滞在先の変更と慌ただしく時間は過ぎていく。意図して避けたわけではないけれど、結果的に美琴と顔を合わせる機会は格段に減った。

優斗はマイクからもたらされた情報を受け止めるのに、しばらく時間がかかった。

別れていた間、美琴に新たな出会いがあるのは当然のことだ。

だからその六年間で、結婚して子どもができて離婚していてもおかしくはない。

それを責める権利も自分にはない。

触れ合いは許しても、彼女がはっきりと気持ちを言葉にしないのは、そんな事情があるからか。

思い返せば、美琴から『ゆっくり会える時間があるか』と言われて浮かれていたが、結局は舞衣と実家の話しかできていなかった。だが本当は、彼女のほうこそなにか言いたいことがあったのかもしれない。

(俺はまた、美琴のサインを見逃しているのか……)

自分の想いに夢中で、彼女自身を見られていない。

美琴が感情を抑えるのに長《た》けているのも、なかなか言葉にできないのも知っているのに。

今だって、優斗の忙しさを知っているからか、会う時間が欲しいなど一切言ってこない。

ふと、道を歩く親子連れが目に入る。

母親と手を繋《つな》ぐ幼い女の子。

美琴の子どもの性別はどっちだろうか。どちらでも彼女の子どもならかわいいだろう。

所詮、自分が抱いているのは見も知らぬ男への嫉妬だ。

自分たち二人が離れていた間の時間を埋め、彼女との関係を深めたであろう男の存在が恨めしいのだ。

優斗の望んだものを手に入れておいて、それを捨てたのも許せない。

ホテルを出ていく前に、やはり美琴との時間を確保すべきだと優斗は思った。

たとえ子どもがいても、今の美琴は独身のはずだ。むしろそれを喜ぶべきだろう。

結婚を継続していれば、優斗には到底手が出せなかった。

父親が誰であろうと、美琴の子どもであることは事実。それならば子どもごと美琴を愛せばいい。

どんな過去があろうと、美琴を手放しはしない。彼女への気持ちは変わらないのだから。

優斗はようやくタクシーをつかまえて乗り込んだ。

エアコンの効いた車内の温度にほっと息をつく。行き先を告げようとしたタイミングで電話が鳴ったので先に出る。それはこれから会う予定だった相手で、ちょうど乗り込んだ電車が緊急停止して動かないため今日の予定をキャンセルしてほしいという連絡だった。

急に空いた中途半端な時間を、優斗はどうするか悩んだ。

今夜は夕方早い時間から始まる会食が入っている。

アメリカ留学時代に知り合った友人が、紹介したい人がいるからとセッティングしてくれたものだ。仕事に役立つからと言われ、少し面倒に思いながらも応じた。その友人のおかげで新たな滞在先をすぐに見つけることができたのもあって、無下にはできない。

汗もかいたことだし、一度シャワーでも浴びて着替えるのもいいかもしれない。うまくいけば少し休む時間も取れる。

優斗はそう決めると、運転手にホテルへ行くよう伝えた。

タクシーを降りると、ホテルロビーへ向かうエレベーターに乗った。

地上の景色を一望できるこの眺めも、もうすぐ見納めだ。

ホテルのロビーに着くと、チェックイン前の時間帯だからか、人の姿はまばらだった。

顔馴染みのスタッフが、予定外の時間に戻った優斗に少し驚いたような表情をした。

優斗は『時間ができたんだ』と言ってフロアを横切る。

子どものはしゃぐ声が聞こえて、優斗は何気なく視線を向けた。

『こら、真、走るな』

そう言って、貴之がロビーを走っていた男の子を追いかけて抱き上げていた。

台詞《せりふ》は注意する内容でも、男の子を抱く彼は珍しく朗《ほが》らかな笑顔を見せている。

普段は小さな子ども相手でも、お客様として丁寧に接する彼にしては珍しい態度だ。

『このサングラスかっこいい？　おじいちゃんに買ってもらったんだよ』

『おお、かっこいいな。おじいちゃんの真似っこか？』

貴之と男の子は英語でやりとりをしている。

海外客の多いこのホテルではよく見かける光景だ。

男の子の年齢はわからないが、三、四歳ぐらいだろうか。おもちゃのサングラスをかけて自慢げにしている。

『ねえ、ママはまだ？』

『今頃驚いて、急いでこっちに向かっているよ』

『サプライズ大成功だね！』

『いや……サプライズすぎるだろ』

優斗は二人の会話を聞いて、思わず立ち止まり注視した。

英語で話しているから客だとも思ったが、この会話の内容はあまりにもプライベートなものだ。

優斗はずっと、貴之は美琴を気にかけていると感じていた。

彼は優斗の牽制をまっすぐに受け止めていたし、ホテル内で見かけた二人の様子や周囲の噂話から、貴之と美琴が親しいのは明らかだったからだ。

だが、男の子と接する彼の姿を見ているとまるで親子に見える。

彼は実は既婚者だったのか。

『ママ』というセリフが出るのだから、父子家庭というわけでもないだろう。

既婚者でありながら、美琴を特別な目で見ていたのか。接していたのか。

貴之に対して不信感が増す。

「失礼ですが、もしかして加地さんのお子さんですか？」

不躾《ぶしつけ》かと思ったが、優斗はあえて二人の会話に割り込んで話しかけた。

もし貴之が既婚者ならば、はっきりと釘を刺しておきたかった。

自分にその権利があるかどうかはわからないが、このホテルを出ることになった今、優斗の牽制も通用しなくなる。

「く、黒川様。お戻り予定は夜では？」

「ちょうど打ち合わせがキャンセルになったんです。この暑さなので着替えに戻りました」

貴之は、彼らしくなく動揺も露《あら》わに目を泳がせる。

焦る様子に、やはり既婚者だったかと確信した。

男の子は突然現れた優斗に驚いたのか、貴之にしがみつく。そしてなにかに気づいたように視線を貴之の背後へと向けた。

『あ、ママ』

『真！　どうして!?』

『ママに会いたくて来たんだよ！』

なにか言いたそうに口を大きく開けた貴之だったが、観念したように男の子を床に降ろす。

すぐさま男の子はママと呼んだ女性のもとへ走っていった。

優斗は男の子の向かう先を視線で追って、そして呆然とした。

そこにいたのは、美琴だった。

美琴は走り寄ってくる男の子を受け止めるべく、膝をついて両腕を広げた。そうして飛び込んできた男の子をしっかり抱きしめる。

『フロントから連絡が来た時は、心臓が止まるかと思ったのよ！　日本に来るなら教えてくれればよかったのに……でも、会いに来てくれてありがとう』

『ママを驚かせたかったの。だから僕がおじいちゃんたちに内緒にしてって頼んだんだよ。僕もずっとママに会いたかった。ママ……ママ』

『うん、ママも会いたかった』

久しぶりに会ったらしい親子の感動の対面を、周囲の人たちはほほ笑ましそうに見守っていた。

優斗だけが、この現実を受け止めきれない。

（あの子が美琴の子ども？）

マイクの情報は正しかった。

子どもがいるらしいことはわかっていても、目の前に実際現れるまでは信じきれなかった。

だが「ママ」と呼ぶ声を聞き、子どもを抱きしめる美琴を見て、これが現実なのだと悟った。

優斗は咄嗟《とっさ》に貴之を見た。彼は苦虫を噛み潰したような表情をしている。

心臓がうるさいほど音をたてる。冷や汗がどっとあふれる。

あの子は貴之と美琴の間の子なのか。だからあんなに親しげだったのか。

（美琴の結婚相手が彼だとしても、今は離婚している？　いや、でも離婚した夫婦で一緒に働くなんてあるのか？　子どもを海外に置いてまで？）

美琴は嬉しそうに男の子に頬ずりをし、男の子もぴったりと寄り添っている。

『あー、美琴。久しぶりのご対面で感動に浸《ひた》っているところ悪いが……あいつをどうにかしてやれ』

おそらく美琴には息子しか目に入っていなかったのだろう。

貴之の言葉で初めて、この場に優斗がいることを認識したようだ。

目が零れ落ちそうなほど大きく見開かれる。

「優斗」

小さな呟《つぶや》きが漏れる。

優斗はぐっと奥歯を噛み締めて、できるだけ冷静であろうとした。

マイクからの事前情報で覚悟はしていたはずだ。美琴の口から直接聞く前に、対面することになるとは思わなかったけれど。

優斗はゆっくりと美琴へと近づいた。

「美琴……その子は」

見れば美琴のほうがかわいそうなほど動揺して、狼狽《うろた》えている。サングラスをかけた男の子は、驚いたように優斗を見上げていた。

「……優斗、この、子は」

美琴が声を震わせる。

『ユート？　お兄さんの名前、ユートって言うの？』

優斗の名前を聞いて、男の子のほうがはっとしたように聞き返してきた。

『タカ！　もしかして⁉』

そしてなぜか貴之に問いかける。貴之は男の子を見て、力強く頷いた。

『ねえ、ママ。ママのユートってこの人？』

『真？』

『ママのユートってことは、僕のユート……だよね？』

男の子の台詞《せりふ》に優斗は首をかしげる。なぜここで自分の名前が出るのだろうか。

『真、あなたどうして、優斗の名前――』

『知っているよ、僕。僕のパパの名前でしょう？』

その台詞《せりふ》を聞いた瞬間、すべての音が消えた気がした。

美琴がひゅっと息を呑む。優斗も理解が追いつかないままに、男の子と目線を合わせるべく腰を落とした。地面がぐらぐら揺れているような感覚に襲われつつも耐える。

美琴が泣きそうに表情を歪めた後、覚悟を決めたように口を開く。

『ええ。真の言う通り、パパの名前。黒川優斗、この人があなたのパパよ』

そして美琴はじっと優斗を見つめる。

「この子は、優斗の子どもなの。ずっと黙っていて……ごめんなさい」

（俺の――子ども？）

「名前は真。小柄だけど、五歳よ」

美琴は声をかすれさせながらも、必死に言葉を紡ぐ。

——五歳。

三、四歳に見えた男の子の年齢を聞いて、優斗の中に新たな衝撃が走る。

(まさか……まさか!)

そっと、美琴は男の子のサングラスを外した。優斗は目の前の存在が信じられなくて、息が止まりそうになる。

幼い頃の自分に似た顔立ち。目元など優斗にそっくりだ。

容姿を見るだけで、調べるまでもなく自分の子どもだとはっきり理解できる。

美琴は結婚していたわけでも離婚していたわけでもなかった。貴之の子どもでもなかった。

子どもは自分との間の子。

感情が激しく荒れ狂う。

あの日、美琴を一人置いて出たことを何度も後悔した。泣き顔の美琴ばかりを夢に見た。

けれどそれ以上の後悔が、一気に今優斗に襲い掛かる。

そして決して戻ることのないこの六年の時間の重みに、押しつぶされそうになる。

美琴は必死で涙を堪《こら》えていた。自分たちの様子に、男の子も不安そうに瞳を揺らしていた。

優斗もうまく感情をコントロールできず、言葉が出てこない。だけど——

優斗はゆっくりと腕を広げた。

美琴が男の子を受け止めるべく腕を広げたように。

そうすることで、二人を受け止めたいのだと伝わるように。

優斗は黙ったまま、ただ美琴と男の子をそっと抱きしめる。

男の子は驚きながらもふわりと笑みを浮かべ、美琴の目からは涙が落ちる。

優斗はようやくなにかを取り戻せた気持ちで、大事なものをしっかり腕の中に囲った。

＊　＊　＊

ラウンジ横の個室を準備したからと貴之に促《うなが》され、美琴は優斗に支えられながら移動した。

貴之は『パパとママは大事な話があるから、二人にしてやろう。ラウンジにいるおじいちゃんのところでジュース飲みたくないか？』と優しく言い、真を連れて行ってくれた。

彼が指示したのだろう、テーブルにはおしぼりとボックスティッシュ、そしてペットボトルの水とグラスのセットが置かれてあった。ソファのそばにはご丁寧にゴミ箱まで用意してある。

テーブルの上のメモには、午後以降休んで構わないとあって、美琴は貴之の心遣いに感謝すると同時にまた甘えてしまったと情けない気分になる。

ラウンジ横の個室はウエディングの際、乳幼児や車椅子利用のお客様などが利用できるようになっている。そのため個室といえども広さはあり、ソファもゆったりと寛《くつろ》げるものが置かれていた。

美琴は優斗に支えられて、隣り合ってソファに座った。

美琴は先ほどまでのことを振り返る。他スタッフのＳＯＳに対応している最中に、フロントにいた貴之から連絡が入った。彼から両親と真がホテルに来ていると伝えられた時は信じられなかった。たまたま貴之がフロントにいて、まず真に気づいたらしい。とりあえずラウンジに案内しておくからと言われ、慌てて仕事を引き継いでエレベーターを降りてきたのだ。

両親からも日本に来るという連絡は一切なかった。真だって電話で話した時に、そんな素振りは微塵《みじん》も見せなかった。

驚かせたかったと言っていたが、美琴にしてみたら驚いたどころではない。心臓が止まりそうだった。こんな心臓に悪いサプライズは二度としないでほしいと思う。

その上、その場に優斗が居合わせるなど、神様のいたずらにしては度が過ぎている。けれど、美琴以上に驚いたのは優斗だろう。

彼は美琴たちを抱きしめてくれたけれど、この現実をどう受け止めたのかはわからない。真の見た目は優斗に似ているが、我が子だと受け入れるかどうかはまた別だ。

「ピルを飲んでいるって言っていたのに……ごめんなさい。あの頃、薬が合わなくなって、飲めない時期があったの。だからわざと優斗の子どもを妊娠しようとか、そういうつもりはなかった」

美琴は一番にそのことを告げた。ずっとずっと気になっていたことだ。

優斗との確かな絆を感じたくて、そのまま繋《つな》がりたいと望んだのは美琴のほうだったから。

「美琴……わざとだなんて、そんなこと思っていない。避妊したって完璧とは言えないんだ。ピルを飲んでいることに甘えて、俺だって避妊を怠《おこた》った。妊娠の可能性は充分あったのに……」

優斗が驚いたように即座に反応する。

優斗にとっての『特別』が舞衣だと思い込んでいた時は、責められる可能性もゼロではないと思っていた。

だから、お互いの責任だと言ってくれて少しほっとした。

「あの子が俺の子どもだってことは、見ればわかった。妊娠に気づいたのはいつ？」

「卒業して、両親のいるところに行ってから。体調がずっと悪くて、でも妊娠なんて想像もしていなかったから、調べるのが遅くなったの」

「……俺に言おうとは思わなかった？」

硬い口調で発した優斗を見れば、泣きそうに顔を歪めている。

「言おうと思った。何度も優斗には言わなきゃいけないって。でも同じぐらい、言ってどうするのとも思った。優斗の『特別』が舞衣ちゃんなのは変わらないのに？　それが苦しくてやっと別れを切り出したのに？　優斗は優しいから、妊娠を告げれば責任を取ってくれる。でも、それは子どもをだしにして優斗の愛情を手に入れようとしているみたいで、嫌だと思ったの」

「……美琴」

「お情けと義務感の愛情なら、いらないって思ったの」

こんな身勝手な感情、本当は口に出すのも嫌だ。

舞衣と会って話して、それが勘違いと思い込みだと知った今はなおさらだ。

でも不安を口にしなかったせいで、自分の醜さをさらけ出せなかったせいで、真から父親を、優斗から息子を奪った。

五年間という時間さえも。

「だから言わなかった。私は……優斗と再会しなかったら、ずっと言わなかったと思う」

もっと責めればいいのに、という気持ちで美琴は優斗を見つめた。

優斗は美琴から目をそらすことはなかったけれど、必死に感情を整理しているように見えた。

「でも俺たちは再会した」

それは優斗が捜してくれたからだ。

「今は？　今もまだ知られたくなかった？」

再会して互いの誤解を解いた。向き合おうと決めた。一緒に進みたいと思った。

だから美琴は首を横に振る。

涙が小さく跳ねる。

「言うつもりだった。優斗が会いに来てくれて、いろんな誤解があったのを知って、優斗ともう一度向き合いたいと思ったから。怖かったけど、言おうと決めてた」

美琴は優斗に告げるつもりだった台詞《せりふ》を改めて口にした。

「優斗、子どもがいるの。優斗との子どもなの。五歳で、名前は真。漢字で、『真』って書くの。私たちの間に『真実の愛』があったことを願ってつけた。優斗を愛したことだけは私にとっての『真実』だった……だから」

たとえ一方通行の想いだったかもしれなくても、愛したがゆえにできた存在だといつか真に言えるように。

優斗の目にも涙が浮かぶ。

彼が息を震わせる。

「いい、名前だ。美琴、真を産んでくれてありがとう。育ててくれてありがとう。俺にとっても美琴を愛したことは『真実』だ。真は、俺と君が愛し合ってできた子なんだから」

どちらからともなく手を伸ばして抱きしめ合う。優斗が堪《こら》えきれずに嗚咽《おえつ》を漏らす。

別れを告げたあの日も、優斗の目は濡れていた。

あの日、彼の願い通り、戻ってくるのを待つことができたら。

本音をさらけ出して向き合うことができていたら。

妊娠を伝えることができたのかもしれない。

優斗は驚きつつも、きっと喜んでくれただろう。

つわりで苦しむ美琴を支えて、胎動に一緒に感動して、大きくなっていくお腹を撫でて言葉をかける。

育児用品もこだわって準備して、出産に立ち会うと言ってきかなくて、権利だと言って就職一年目から育休を取る。

お風呂に入れるのは美琴より上手かもしれない。離乳食にこだわるのは彼のほうかもしれない。

ありえたかもしれないもうひとつの未来を、きっと今お互いに描いた。

そして、それが決して叶わないことを自覚する。

「ごめ……優斗、ごめんなさい」

「謝るな。美琴、謝らないでくれ……どんなにやり直したくても過去は戻らない」

かすれた声は優斗の本音。お互いの後悔を、これから時間をかけて呑み込んでいくしかない。

「でも未来は……未来は選べる。俺は、美琴と真との未来が欲しい。これから先の人生、君たちのすべての時間を俺にくれないか」

優斗の手が美琴の頬に触れて涙を拭《ぬぐ》う。

「君を愛している。真も愛したい。君たちのそばにいさせて」

戻ることのない時間の代わりに、これから先にある未来をともに歩んでいく。

「……私も愛している。優斗と真と三人で生きていきたい」

「ありがとう」

約束をこめて、そっと唇が重なった。

＊＊＊

なんとか互いに見られる顔になったところで、美琴は優斗とともに個室を出た。そして真を迎えにラウンジへと向かう。

優斗はこの後の会食の予定をキャンセルした。

美琴はそんなことをして大丈夫かと心配したけれど、友人だから大丈夫だし埋め合わせはするから、と言ってくれた。

『ママ！』

真が美琴を見るなり声を上げる。そばにいたのは貴之だ。

両親もラウンジにいるはずだが、姿が見えない。

「君のご両親は、しばらくご友人の家に泊まる予定だそうだ。今はもう少し時間があったほうがいいだろうからとお出かけになった。真は俺が独断で預かったが、よかったか？」

真を受け取りながら、美琴は貴之に頭を下げた。

「加地さん、本当にいろいろありがとうございました。私、本当にこの後のお休みをいただいて大丈夫ですか？」

「ああ、今日ぐらいは真ともゆっくり時間を取ってやれ。ずっと我慢していたんだから。それに……彼との時間も必要だろう？」

貴之がちらりと優斗を見て、にやりと笑みを浮かべる。

「ご配慮ありがとうございます。それで今夜は、私の部屋に彼女たちを呼んでも構いませんか？」

「お仕事は――」

「今日の予定はすべてキャンセルしました。今夜は三人で過ごしたいと思います」

「かしこまりました。そのように手配いたします」

「助かります」

美琴は二人のやりとりをはらはらと見守った。

ごく自然なやりとりに見えるが、なんとなく不自然だ。

だが口を挟める雰囲気でもなかったので、真を抱きしめることに専念する。

離れていた間に、少し重くなっただろうか。背も伸びた気がする。

真に『日本に行っていいよ』と言われた時は心配でたまらなかったけれど、この期間にまた随分大人びたようだ。

そして、真とともに優斗の部屋に向かった。

真は優斗の部屋に入ると、わぁっと声を上げて窓辺に近寄る。

彼にとっては初めての日本だ。

英語で、『ビルいっぱい』『東京タワー？　スカイツリー？』とはしゃいでいた。

美琴は母に連絡をしようとスマートフォンを取り出したが、母からの長いメッセージを読んで電話をするのをやめた。今話をすれば、また泣いてしまいそうだったから。

そのメッセージによると、日本に来ることになったのは義父がきっかけだったようだ。

海外転勤の可能性が高まり、その行き先を真にも選ばせようと、美琴が日本にいる今この機会に行ってはどうかと考えたらしい。それに、さすがにそろそろ真も母親に会いたいのではないかとも思ったようだ。

真は最初日本に行くことを渋ったらしいが、最終的に美琴に内緒にするならと応じた。

日本には行くけれど美琴には会わない、帰ってくるまでは会うのを我慢するとまで言った。母にもその理由はわからなかったと書いてあった。

だが、こうして会いに来たのだから、なにか心境の変化があったのだろう。

結局、義父が日本にいる友人に連絡を取ってみたところ、ホテルは高いからうちに泊まりにくればいいと招待され、日本にいる間はそこにお世話になるとのことだった。メッセージには、滞在期間とお世話になる人の連絡先が記載してある。

あとは、一泊分の真の着替えが彼のリュックの中にあることも書かれてあった。そして、落ち着いたら連絡をちょうだいと締めくくられている。

母の細やかな気遣いに、ただただ感謝する。

真は優斗に抱かれて、見える景色の説明を受けていた。

離れていた時間など関係ないかのように、戸惑うことなく接する二人がなんだか不思議だ。

それにしても、こうして二人でいると本当によく似ている。

『ねえ、真』

『ん？』

『おばあちゃんからのメッセージで、真は日本に来るのを嫌がっていたって書いてあったけど……』

なぜ嫌がったのか気になっていたので、美琴は率直に聞いてみる。

『嫌がっていたのは僕じゃない。ママが、僕が日本に行くことを嫌がっていたから、だから行かないほうがいいんだと思ったの』

『え？』

『でも、タカにユートが来たって教えてもらったから』

『優斗の名前、どうして?』

優斗の名前は、真の前でも、もちろん両親の前でも出したことはない。それなのに真は父親の名前が優斗だと知っていた。それが不思議だった。

『ママは時々、泣きながら寝言で「ユート」って呟《つぶや》いてたよ。「ユートごめん」って、何度も。おばあちゃんも僕のパパのことはなにも知らないけど、おそらくそれがパパの名前だろうって言ってた。でも、ママからお別れを言ったみたいだけど、まだ大好きなんだろうから、ママが話せるようになるまで待ってあげようって』

『そう、寝言で……』

泣きながら寝言を言っていたなんて、初めて知った。優斗も話を聞いて驚いている。

我が子にそんなことを指摘されるなんて恥ずかしくてたまらない。

『タカにね、日本に行くことが決まったから、ママを連れて行きたいって言われた。僕も一緒に行こうって。でもママは僕が日本に行くのを嫌がっていたから、僕は行かないって答えた。そうしたら、タカは三か月だけママを貸してくれないかって言ったんだ。ママに好きになってもらえるように頑張るからって。もしうまくいったら僕のパパにしてほしいって』

貴之はなんてことを真に頼んだのだろう。

思い返せば確かに、貴之は美琴よりも真を説得させるのに力を入れていた。真が『タカの力になってあげて』と言ったから最終的には日本行きに応じたのだ。背景にそんなやりとりがあったなど気づきもしなかった。

そして、それを優斗に暴露されるのも後ろめたい。

『へえ、パパにしてほしい、ね』

優斗がぼそりと言う。

貴之の気持ちは日本に来て知った。

だが、そもそも今回の日本行きにそんな計画が浮上していたなど思いもしない。それに真も結託していたなんて。

二人の仲の良さは知っていたが、美琴の想像以上だった。

『でも僕はね、無理だと思った』

『応援していたんじゃないのか？　だから美琴の日本行きを認めたんだろう？　真はパパが欲しかったんじゃないのか？』

美琴が思い浮かべた疑問と同じことを、優斗がすぐさま口にする。

てっきりパパが欲しくて貴之の味方をしたのかと思っていたのに。

すると、真は子どもらしくない仕草で肩をすくめた。それがやっぱり優斗に似ていると思う。

『んー。だって、ママはタカのアプローチに全然気づかない。タカは頑張っているのにママはいつもスルー。おばあちゃんはかわいそうにって同情していたよ。それにママの一番は僕だ。そして僕はパパに似ている。おばあちゃんは時々、「真はパパに似ているんだろうね。パパはきっとイケメンだからママが忘れられないのも無理はない」って言っていたもの。つまりママは、僕のパパしか見ていないってことだ』

まさか自分の母親と真がそんな会話まで交わしているとは。

真は確かにおばあちゃんっ子ではある。ホテル勤務になってからは、さらに育児を母に頼っていた。

美琴には聞けない分、祖父母と話すことで真は自分なりに考えてきたのだろう。

『それで、思ったんだ。ママがこれだけパパが大好きなら、パパもそうじゃないかって。僕のパパは日本人だから、もしかしてママが日本に帰ったら見つけてくれるかもって。だからね、僕、我慢することにしたんだ』

真の小さな手が優斗の頬に触れた。

真が本当はなにを願っていたのか、寂しさを我慢してまでなにに賭けてきたのか。

今まで父親のことを一切美琴に聞いてこなかった息子。

気になっていたはずなのに、彼は美琴の気持ちを思いやって口を噤《つぐ》んできた。

美琴が日本に行くのを認めたのも、本心ではそんな願いをこめていたのだろう。

母親なのに、父親を求める当たり前の子どもの感情に気づこうともしなかった。甘えてしまった。

『真の優しいところはママに似たんだな』

『僕はパパにも似ているよ。だってママが大好きだもの。パパもそうなんでしょ？　だからママを見つけてくれたんでしょ？　ありがとう！　僕、我慢してよかった』

『真の言う通りだ。パパはママが大好きだ。だから、たとえまた二人が迷子になっても、パパは必ず見つけるから』

『うん！』
もうこれ以上子どもの前で泣きたくないのに、涙がどんどんあふれてくる。
真の子どもらしい願いには愛があふれている。
優斗があきらめずに捜してくれたのも愛ゆえ。
そんな愛を自分もまた返していけるだろうか。
『あー、またママが泣いている』
真は優斗の腕から降りると、美琴のそばに近寄ってきて、美琴の頬にキスをした。
『ママ大好き！』
優斗もそばに来て、真とは反対の頬にキスを落とす。
『俺も大好きだよ』
美琴もまた、真と優斗の頬にキスを返した。
そして二人を抱きしめると、笑顔で言う。
『私も大好き！』

＊　＊　＊

部屋でルームサービスを取って、家族三人で初めてともに食事をした。
優斗は、食事をしながら真の無邪気な質問に答えた。

今なんの仕事をしているか、好きな食べ物はなにか、好きな遊びはなにか。子どもの頃得意だったことまで。

優斗はできるだけ正直にわかりやすく答えた。真は好奇心旺盛なようで、次々に質問してくる。優斗の答えを聞いて、時々美琴が初めて知ったみたいな顔を見せるのがかわいかった。

お風呂も二人で入った。

真は、もう自分のことは自分でできるのだと、得意げにやってみせてくれた。

なにをしても、なにをしゃべってもかわいくて仕方がない。世の中にこんなに愛しいものが存在することを初めて知った。

最初こそ、どう関わっていいか戸惑ったけれど、真は子どもらしく自然に懐いてくれた。『パパ、パパ』と呼ばれるたびに愛しさが満ちる。

お風呂から上がると、真はお気に入りだというパジャマを披露してくれた。

胸にサングラスをかけた男の子のイラストが大きく描いてある。

この子は体は子どもだけど、心は大人なんだ、とどこかで聞いた覚えのある説明をする。だが探偵ではなく、スパイらしい。子どもであることを武器にスパイ活動をしているのだそうだ。

『大人だろうと子どもだろうと、俺は俺だ』

真は台詞《せりふ》を真似て言うと、サングラスをかけた。このキャラクターは、決め台詞《ぜりふ》を言う時にサングラスをかけるのだという。

ああ、だから出会った時にサングラス姿だったのか、とようやく腑《ふ》に落ちた。

しばらくして、ふと静かになったなと思ったら、真は眠りについていた。

電池が切れたみたいに目を閉じたので、生きているか一瞬焦ったぐらいだ。小さな寝息を確認して、優斗はベッドに真を運んだ。

美琴は今はホテルの自室に戻っており、入浴を済ませてからまたここに来る。

今夜はこのベッドで三人並んで寝られたらいい。

優斗はベッドで眠る真に目を向ける。こうして見ると、小柄だけれど五歳なんだなと思う。

サングラスを外し、我が子だと認識した衝撃は、きっと一生忘れることはないだろう。

本音を言えば、あの時、美琴を責める言葉がいくつも思い浮かんだ。

なぜ教えてくれなかったのか。それほど優斗を疎《うと》んでいたのか、信じられなかったのか。

いつ妊娠に気づいたのか。別れる前か、後か？

妊娠を知ったから別れ話をしたのか。そこまでして別れたかったのか。

日本を出たのはそのせいか？

大学の友人も、施設の職員や子どもたちも、やっと決まった就職先をも捨ててまで。

まるで優斗は、真の存在を教える価値すらない人間だと決めつけられたようにも思えた。

もし美琴が妊娠のことをすぐに教えてくれていれば、お腹が大きくなっていく姿も、生まれたばかりの我が子も見ることができたのに。成長著《いちじる》しい五年間を見失わずに済んだのに――そんな感情も生まれた。

けれど、美琴の発した最初の言葉を聞いて、それらがどれほど身勝手な考えだったかを実感した。

――わざと優斗の子どもを妊娠しようとか、そういうつもりはなかった。

優斗だってそんなことは思ってもいない。

だが自分は愛されていないのだと、選ばれなかったのだと思っていたのなら、妊娠の事実は美琴を苦しめたのだろう。

――子どもをだしにして優斗の愛情を手に入れようとしているみたいで、嫌だと思ったの。

――お情けと義務感の愛情なら、いらないって思ったの。

あの頃の美琴が、優斗の気持ちをどう受けとめていたかがよくわかる。

いや、あの日、舞衣のもとへ行った事実が、優斗の考える以上の傷を美琴に負わせたのだ。

舞衣の体が傷つかなかった代わりに、美琴の心をずたずたに傷つけた。

美琴は母子家庭だったし、施設の子どもたちの境遇も知っている。両親のもとで育てたい気持ちはあっただろうに、それでも言えなかったのだ。

妊娠を告げない。ずっと隠し続ける――それ自体がきっと彼女の重荷になっていたに違いない。

両親の協力があったとはいえ、大学を卒業したばかりで父親のいない子を出産し、子育てをしてきた。

どれほど苦労しただろうか。

優斗は真の頭をそっと撫でる。

額《ひたい》に汗をかいているのに気づいて、少しだけ部屋の温度を調整した。

真もきっといろんなことを感じてきたのだろう。

大人びているのは、美琴を必死で支えてきたからだろうか。その小さな体で守ってきたからだろうか。

「優斗」

寝室のドアの隙間から美琴が顔をのぞかせる。

優斗は静かにと唇に指を当てると手招きした。

すると、美琴は落ち着かない様子で寝室に入ってくる。職場にプライベートを持ち込むことに、ためらっているようだ。

「真、寝たの？」

「今日の朝の便で日本に到着したらしいから、疲れたんだろう。いろいろあったし」

「そうね……初めて日本に来て、私に会いに来て……優斗に会ったんだものね」

美琴はゆったりとしたワンピースを着ていた。きちんとすぎずラフすぎない、けれどいつもより雰囲気がいっそうやわらいでいる。なによりお風呂上がりの素の姿。

「すっぴんだからあまり見ないで」

「すっぴんもかわいい。大学時代みたいで」

美琴は恥ずかしそうに両手で頬を隠す。そんな仕草もかわいらしい。

美琴はそっと真の頭に手を伸ばして撫でた。愛しくてたまらない、そんな目で見つめている。

自分にそっくりの息子。

真は、ママの一番は僕だから、僕に似ているパパも一番だとなぞの理論を展開していた。けれど、あながち間違っていないように思えた。

「真を通して俺を見ることはあった？」

「え？」

「さっき真が言っていただろう？」

優斗の言っている意味がわかったのか、美琴はめずらしく動揺も露《あら》わに頬を染める。

「あ、えっと、真が生まれた時は私にそっくりだったのよ。なぜかだんだん優斗に似てきて……真を通して優斗を見たりはしなかったけど、忘れることはできないなとは思ってた」

「俺はいつも思い出していたよ」

泣き顔ばかりを——そして、再会してからも泣き顔のほうが多い。

だから今、こんなに穏やかでやわらかな表情をする美琴を見ることができて嬉しい。そばでずっと彼女を、そして真を見つめていきたい。

優斗は、貴重品を入れている金庫に向かった。

美琴が見つかったと聞いて、衝動のまま日本に会いに行くと決めた時、願掛けの意味で持ってきたもの。

今だったらもう少しいいものを準備できるけれど、これはあの頃の自分の精いっぱいだった。そして、この場で彼女に渡せるのもこれしかない。

「また、改めて準備するけど、今はこれで」

外箱は少し色あせたかもしれないが、中身は綺麗なままのはずだ。

優斗は箱から中身を取り出して、小さなケースの蓋《ふた》を開けた。

「大学の卒業式の日、渡すつもりだった」

大学卒業と同時に結婚することを望んでいたけれど、さすがにそれは急ぎすぎだと思った。でも、せめて婚約はしたくて、準備したもの。

美琴は呆然と、優斗が手にしたものを見つめる。

「芹澤美琴さん。仕事が落ち着いてからで構わないので、俺と結婚の約束をしてください。俺は初めて会った小学生の頃から、君のことが好きでした。大学生になって再会できて夢のようだと思いました。俺は家族にあまり恵まれていないので、自分だけの家族を早く作りたい――だから俺と家族になってくれませんか？」

「え？　小学生？」

美琴が潤んだ目で瞬《まばた》きを繰り返した後、小さく首を傾ける。

できれば疑問を抱くより先に返事をしてほしい。

「美琴、疑問にはあとで答えるから。返事を先にして」

美琴はなぜか少し考える仕草をする。

まさかここで断られるなど想像もしていなかったため、優斗は血の気が引きそうになる。本日二度目だ。

優斗の顔が強張《こわば》ったのに気づいたのだろう。美琴が慌てて、優斗の手に触れた。

「黒川優斗くん。え、と、私は自分に自信がなくて、あなたのそばにいる人たちに嫉妬して、あなたの大事なものを受け入れられなかったばかりか、あなたから大事なものを奪ってきました」

予想もしない台詞《せりふ》が出て、優斗は美琴の手を握り返した。

否定するべく首を横に振る。

美琴もまたぎゅっと優斗の指に指を絡めた。

「でも――これから先は、あなたの大事なものを大事にしたい。あなたから奪った以上のものをあなたに与えられたらいいと思ってる。私と真をあなたの家族にしてください」

「美琴、真も愛している」

「私も、愛している」

優斗は指輪を取り出すと、美琴の左手の薬指にはめた。

六年経ってようやく彼女の指を飾ることができた煌《きら》めきは、小さくとも輝いていた。

「それで、小学生って？」

「あー、まあ、ええっと……俺がひまわり園に一時期だけいたって話覚えている？」

「うん」

「美琴には『ゆうちゃん』って呼ばれていた」

美琴に思い出してほしいような、思い出してほしくないような複雑な気持ちで、優斗は美琴が記憶を探る間、真を見つめながら待った。

＊　＊　＊

真を寝室で寝かせたまま、美琴はリビングのソファに座ってぼんやりと左手の薬指の指輪を眺めた。

何度となく過去が戻らないことを実感してきたのに、今また嘆いてしまう。

優斗はもっといいものを準備し直すと言っていたけれど、美琴はこの指輪がよかった。

あの頃の彼が美琴を想って選んでくれたもの。

きっとこの指輪を見るたびに、過《あやま》ちを繰り返さないようにと思い直せる気がした。

「美琴、スマートフォンの電源を切ることはできる？」

書斎から出てきた優斗がおもむろに問う。

日本に来て電源を切ったことはないが、仕事は貴之がフォローしてくれるはずなので、できなくはない。

「俺は電源を切った。今夜は邪魔されたくない」

美琴は一瞬戸惑ったものの、彼の真意がわかったので、優斗の前でスマートフォンの電源を切ってみせた。優斗はリビングの調光を調節して薄暗くすると、ソファ横のスタンドライトのみを残した。

「窓のほう見て。けっこう眺めがいい。俺はこの景色を見るのは好きだ」

優斗に促《うなが》されて、美琴はソファに座ったまま窓の景色を見た。

高層階ゆえの醍醐味《だいごみ》。

地上の暗い闇の中で、小さないくつもの明かりが瞬《またた》く。昼間とはまた異なる光景は見ごたえがある。

「このホテルにいると、いつも宙に浮いている感じがして、足元が不安定な気がしていた」

外を眺めるたびに感じていたことを美琴は呟《つぶや》いた。

今ならその感覚は建物のせいではなかったのだと思える。

一人で抱え込んでいた様々なものを手放すことができたから、今はここにいても地に足がついている気がするのだ。

それにすぐ隣に、こうして抱きしめて支えてくれる存在があるからかもしれない。

「大丈夫、これからは俺が支える。美琴の足が地につかなくても、俺にしがみついていればいいから」

「私は……頼りなくても優斗を支えられるようにしっかり地面を踏みしめたい」

「じゃあ、二人で真を支えよう。でも今は俺にしがみついていて」

優斗はそう言うと、美琴を膝の上に横抱きにする。

「優斗っ」

「真が起きる」

思わず美琴が上げた声に、優斗が心配そうに寝室のほうを見た。

「……赤ちゃんの頃はよく目が覚めていたけど、今日みたいに疲れて寝た日は眠りが深いの」

今日はいつもの真にしては随分興奮していた。きっと自分でも気づかないほど疲れたはずだ。

「それは、多少美琴が声を出しても大丈夫だってこと？」

ワンピースの下に入った優斗の手が、裾をまくり上げながらゆっくりと太腿をさする。

「今夜は美琴と繫《つな》がりたい」

耳元に囁《ささや》きを落とすと、優斗はそっと美琴の耳たぶを食《は》んだ。

「ベッドでなくて悪いけど」

スマートフォンの電源は切った。

真は寝室でぐっすり眠りについている。

このソファはゆったりしているから不都合はない。

美琴は目を閉じてキスを受け止めた。

＊＊＊

キスは最初から深かった。

美琴の口内をあますことなく探るように、優斗の舌が動き回る。角度を変えるごとにキスはさらに深まり、互いの唾液がまざり合う。いつしか甘味さえ感じてきた。

美琴も必死に舌を伸ばして、優斗の舌の感触や唾液を味わった。

キスだけで息が上がる。体の中心が疼《うず》く。

再会して触れられて、美琴はずっと種火《おきび》のような熱を抱えていた。優斗のキスでそれが一気に燃え広がる。

「んっ……あっ」

唇が離れるわずかな間にも、高い喘ぎが漏れる。もっとキスを——とねだるような声音。

優斗は美琴の後頭部を支えて固定すると、美琴の望みに応えるように唇を塞いだ。

お互いの舌が甘く溶け合うようだ。唾液があふれるのに呼応して、下着が濡れる感触がした。

激しいキスを一旦止めると、優斗は美琴をすぐさま全裸にした。ワンピースを脱がされ、剥《は》ぎ取られた下着も乱雑に床に落ちる。同時に優斗も衣服を脱ぎさった。

部屋の照明は薄暗いが、ソファ横のスタンドライトの明かりでお互いの裸が照らされる。

二人とも大学時代とは違う。

優斗の体はあの頃よりも逞《たくま》しく、そしてとても均整が取れていた。

再会して抱きしめられるたびに、本当は幾度《いくど》も胸が高鳴ったことを思い出す。

美琴もこの間すでに上半身は見られている。

だが、今の優斗は美琴が出産をしたことを知っている。自分では気づかない変化を彼がどう思うかは少し不安だった。

思わず両手で体を覆い隠す。

「綺麗だ、美琴。見せて」

「……私、でも真を産んだから」

「だから余計に愛しく綺麗だと思う。その細い体で真を産んでくれてありがとう。育ててくれてありがとう」

優斗はそう甘く優しく囁《ささや》いて美琴を抱きしめる。美琴もそっと優斗を抱きしめ返した。

肌が触れ合うその感触も、行き交う体温も、響き合う心音も愛しい。

――ああ、優斗だ、と思った。

忘れようとしても忘れられなかった。大事な存在を与えてくれた愛しい人。

「優斗も……私を捜してくれてありがとう」

「美琴」

「会いに、来てくれてありがとう」

彼が捜してくれなかったら、会いに来てくれなかったら、この再会はなかった。

最初は戸惑ったけれど、彼はゆっくりと美琴に近づいてくれた。真摯《しんし》に気持ちを伝えてくれた。向き合う機会をくれた。

「たとえ君を何度見失っても、必ず見つけ出す。それ以前に、もう俺は離さない」

「私も離れない」

美琴は優しくソファに押し倒された。

再び唇が重なる。互いの舌を味わうように舐めて絡める。

同時に優斗の手は、美琴の首筋から肩、腕からわき腹へとそっと体をなぞっていく。まるで美琴の体のラインを覚え直すかのように。その後を、軽い口づけを降らせながら追いかける。

大事にされていると感じるような、優しくて穏やかな愛撫。快感を引き出すのではなく、不安や緊張をやわらげていく行為。

「美琴の肌、綺麗」「やわらかい」「かわいい」「甘い」など、優斗は独り言のように呟《つぶや》きながら、美琴の体のあらゆる部分に、指先と唇とで触れていった。

美琴もまた、手が届く範囲で優斗の肌を撫でた。背中の広さも肩の厚みもあの頃とは違う。それでも肌は滑らかで、肩甲骨《けんこうこつ》の窪《くぼ》みさえ愛しく思えた。

優斗は肩から二の腕の内側にかけて、そっと舌を這わせる。手首を取ると、美琴の指を口にくわえて舐めた。

指先が優斗の舌にくるまれる。思った以上に口内は熱く、背中が騒めいた。

まだ、胸や体の中心等の敏感な部分には一切触れられていない。けれどそれ以外の場所はあますことなくたどられていて、ゆるやかな気持ち良さが全身に漂《ただよ》う。

羞恥《しゅうち》は薄まり、美琴は体を隠すことなく優斗の視線を受け止めた。

見られていると思うだけで胸の先が小さく尖る。体の奥はすでに蜜がたっぷりと溜まっている。

優斗の唾液に塗《まみ》れた指が解放されて、美琴は何気なくそれを自分の口に含んだ。

無味のはずなのに、彼のものだと思うと甘く感じる。

「美琴……優しくしたいのにそれは反則」

美琴の手を掴《つか》むと、優斗はその口を塞いだ。そして、直接自身の唾液を流し込むかのように深く舌を入れてくる。それは口内をかきまぜるように動いては、ぴちゃぴちゃと卑猥《ひわい》な音をたてた。

優斗の大きな掌《てのひら》が、美琴の胸を優しく包み込む。その感触を味わうかのように揉み、指先が胸の先端をつまんではこすり上げる。

小さな部分から伝わる刺激は大きくて、美琴は体を震わせた。

片方を指で、もう片方は舌でなぶる。ちゅっと吸いつく行為は、息子に母乳を与えていた時と同じなのに、優斗に吸われると違う感覚になる。

「あっ……んんっ」

漏れる声がいやらしい。

久しぶりの女としての声は自分でも慣れなくて、美琴はなんとか息を吐くことで逃した。

熱い舌にくるまれて吸いつかれるたびに、胸の先は硬く尖っていく。まるでわざと卑猥《ひわい》な形に変えようとしているかのようだ。舌と指とで交互になぶられては唾液を塗《まぶ》され、美琴は背中をそらせた。

「美琴……綺麗だ。あの頃も綺麗だったけど、今も……」

「あっ……やっ」

「声も聞かせて。美琴の声いっぱい聞きたい」

緩《ゆる》んだ脚の間に優斗の手が這う。

表面を軽くなぞって小さく割れ目を開いただけで、どっと蜜があふれる。優斗はそれをゆるやかに美琴の秘所に塗り広げていく。その感覚だけで自分がどれだけ濡れているかわかった。

すっと指が中に入り、浅い場所を行き来した。優斗は浅い部分を何度もなぞって、美琴の気持ちのいい場所を目覚めさせるべく刺激を加えた。指の動きにあわせて粘着質な音が漏れる。

そうして一番敏感な粒をそっとこすった。

「あんっ」

びりっとした痺《しび》れが背筋を這い上がる。

指で挟んで、解《ほぐ》すように優斗は優しく揉んだ。

蜜で滑らかになったそこを、優斗は円を描くように指でたどる。美琴が痛みを感じていないことを確認すると、その動きが速まった。

「あっ、やっ……まって」

「大丈夫だから、一度軽くイこう」

再度美琴の口を塞いで、激しく口内を舌でまさぐる。同じリズムで秘所をかきまぜ、粒を優しくこすり上げる。

くぐもった声が優斗の口の中に溶けていき、こらえきれずに蜜が零れ落ちた。

優斗は美琴の舌を強く吸うと上体を起こし、美琴の腰を上げてクッションを差し込んだ。

そのまま美琴の脚を開くと、片方をソファの背にかける。軽く脱力した体は拒むことができない。

「優斗、だめっ」

優斗は美琴の脚の間を注視する。男の前で大きく脚を広げた姿をさらすのは恥ずかしくてたまらない。それなのに、軽く達した体は見られるだけでとろとろと蜜を零す。

優斗は指先でそっとそこを広げると、蜜が落ちてくる様《さま》を眺めた。膝頭に小さく口づけを落としながら、太腿の内側を舌で舐める。そしてゆっくりと秘所に辿りつくと唇を寄せた。

そのまま零れた蜜をすすられて、美琴は羞恥《しゅうち》で体をよがらせた。

「優斗、あっ……やっ」

出産後のそこがどうなっているかなんて知りようもない。夫婦であったならば、妊娠中や出産後の変化を感じながらも受け入れていけただろう。

でも、優斗は夫ではなく、忘れられなかった好きな人だ。

なぜか初めての時よりも恥ずかしく思えて、美琴は拒むように脚に力を入れる。けれど舐められ続けるうちに力は抜けて、結局は優斗にされるがままになった。

「んんっ、はっ……あぁんっ」

彼の舌がそっと周囲を舐め回す。熱い舌が生き物のように動き回る。その感覚に美琴の背中はしなり、痺《しび》れが何度も走った。

労わるように優しい愛撫が何度となく繰り返される。

舌でつついては舐め、敏感な粒を包んでは膣の中に舌を伸ばす。優斗の唾液と美琴の蜜が混ざり合い、卑猥《ひわい》な音色を奏でた。

「あっ……やんっ、ああっ」

指で穴を広げた優斗は、中にたまった蜜を舐め取るように舌を伸ばした。さらに甘いものでも味わうかのように吸い付く。

「やっ……優斗っ、飲まないでっ」

「だめ。今日は美琴の全部を味わう」

そう言われた瞬間、どっと蜜があふれるのがわかった。

指と舌とで様々な刺激が与えられて、美琴の腰は淫《みだ》らに跳ねた。一度軽く達した体は些細《ささい》な刺激で呆気なく翻弄され、熱が全身に広がる。

舌で粒をいじりながら、優斗は指を深いところまで差し込んだ。出し入れしては弱い部分を抉《えぐ》り、襞をなぞるように動かす。

「優斗っ、あんっ……ひゃっ」

「美琴、すごく中がうねっている。俺の指を締めつけているのがわかる？」

優斗の興奮した声が聞こえて、美琴はさらに彼の指を締めつけた。それ以上奥に進んだら、美琴はもっと乱れてしまう。

「だめっ、あっ……ああっ」

指の動きはゆっくりだった。それでも彼は的確な位置を探り当てる。美琴が背中を大きくそらせたのを見逃さずに小刻みに指を動かした。

舌と指とで同時に攻められて、美琴の体は勝手に揺れる。

「あっ……あんっ、はっ」

喘ぎが抑えられない。高くて卑猥《ひわい》な声が室内に響く。

体の中心が急激に爆《は》ぜそうになって、美琴は優斗の指をきつく締めつけた。その瞬間、すっかり膨らんだ粒を強く吸われる。

「ひゃっ……やぁっ！」

一際大きな声を上げて、美琴は快楽の光に包まれた。

感じさせられているだけなのに、走った直後のように息が上がる。全身に震えが広がる。

美琴が肩で息をしていると、優斗はそっと汗ではりついた美琴の髪をはらった。

「美琴、君の中に入りたい」

そっとこめかみに口づけながら、優斗がかすれた声で懇願した。

見上げれば、熱い欲を必死で抑えようとしている色香漂《ただよ》う眼差しがある。彼のそんな姿を目にしただけで、体が切なさに悲鳴を上げた。

「私も優斗と繋《つな》がりたい」

美琴の言葉に、優斗が泣きそうに目を細める。美琴は慰めるように優斗の頬に手を伸ばした。

「美琴、好きだ」

「うん」

「君が好きだ。俺にとっては美琴だけが『特別』なんだ」

「うん」

優斗は避妊具をつけると、美琴の上に覆いかぶさる。美琴は自ら顔を上げて優斗にキスをした。すぐにキスは荒々しくなって、美琴の口内を優斗の舌が暴れる。それに夢中になっている間に、優斗はゆっくりと美琴の中に侵入した。

異物感はあるものの痛みはない。充分に解《ほぐ》れたそこはすんなり彼を呑み込んだ。

失った欠片《かけら》をようやく見つけた、そんな気持ちになる。

美琴は優斗にぎゅっときつく抱きしめられた。

別々の個体である自分たちが、唯一繋《つな》がれる特別な場所。

「美琴……美琴」

耳元でうわ言のように名前を呼ぶ優斗の声は震えている。美琴はまたしっかりと彼の背中に手を伸ばして抱きしめた。

「やっと美琴の中に戻れた」

「優斗」

「もう二度と俺から離れるな……」

存在を主張するかのように、美琴の中で優斗がぐっと大きくなる。

反射的に締めつけると、優斗が熱く息を吐いた。

「このまま入っていたいけど……動いていい？」

美琴は小さく笑った。美琴の奥だって切なく疼《うず》いている。

「優斗の好きなように、して」

「……っ、優しくしたいのにできなくなる！」

「大丈夫、だから」

優斗は優しくできないと言いながらもゆっくりと腰を引いた。そして美琴の中を味わうように緩《ゆる》やかに出し入れする。

入ってくるたびに奥へ奥へと届く。

美琴の中がその形を覚え直すかのように波打つ。

ちかちかと光が点滅して、全身に快楽が広がっていく。

物足りない気もするのに、ずっとこの気持ち良さに浸《ひた》っていたい。

「ゆ、うと」

「はっ……美琴の中、良すぎてもたない。もっと味わいたいのに」

「優斗、キスして」

美琴の願いを優斗はすぐに叶えてくれた。律動は激しさを増し、美琴の体が揺さぶられる。離れたくなくて、美琴は背中に足を回して優斗を自分の中に誘った。

瞬《また》く星が強い光を放ち暗闇を照らす。優斗に抱きしめられたまま、美琴はただそこに身を委《ゆだ》ねた。

＊＊＊

美琴の裸を見た時、なんて神聖な存在なのだろうと思った。

アメリカの美術館で見た、美しい彫刻のように滑らかで、やわらかな体のライン。

光と影に浮かび上がる肌の質感。羞恥《しゅうち》に震えながらも、男を惑わす眼差し。

自身の血を継ぐ子どもを産んでくれたその体を、愛しく思った。

大事に、大切に触れたい。自分の欲だけをぶつけるのではなく愛したい。

美琴は久しぶりだろうから、ゆっくりと彼女の体をとろけさせよう。だからこそ、最初は理性をかき集めて必死で抑えながら触れた。

本音を言えば、寝室に眠る真のことは気になった。美琴は眠りが深いから起きないと言ったけれど、さすがにこの場面は見られるわけにはいかない。

けれど、一度美琴に触れて中に入ってしまえば、そんなささやかな配慮と努力は霧散した。

美琴が返してくれる反応は昔と変わらない。他の男の手垢など一切ない。

その確信も優斗の理性を焼き切った。

美琴は優斗しか知らない。だから彼女の羞恥心《しゅうちしん》を快楽に塗り替えてしまえば、素直に反応する。

その素直さは、過去幾度《いくど》も優斗を暴走させた。

窓の向こうの夜景をバックに、ソファの上で繋《つな》がる自分たちの姿が反射して映る。

優斗は美琴と繋《つな》がったまま、背後から抱きかかえていた。鏡ほど鮮明でなくとも、彼女の中を出入りする己《おのれ》がわかる。

美琴の白い胸は先をいやらしく尖らせたまま、優斗の動きに沿って揺れた。

「美琴、見て」

乱れた髪をはらって、彼女の顎に手を添えて上げる。

快楽に染まってぼんやりしていたその目が、優斗の意図を把握してかすかに開いた。

「あっ……ゆうっ」

「見て、美琴。俺たちがきちんと繋《つな》がっているところ。ほら、美琴のここがおいしそうに俺のを咥えている」

美琴は首を横に振って恥ずかしそうに嫌がるものの、視線は窓ガラスに向かう。そしてぎゅっと優斗自身を締めつけた。

いつもは大人しくて清楚な彼女だが、優斗とのセックスでは乱れてくれるのが嬉しい。

優斗は片手で胸の先をくすぐり、もう片方の手を繋《つな》がった付け根の敏感な部分に寄せた。

「あっ……優斗、それっ、だめ」

「俺のを搾り取りそうなほど締めつけている。気持ちいい？」

「あっ、はっ……んっ、いいっ、気持ちいいっ」

美琴自身の腰も小刻みに揺れ始める。

男の上に跨《また》がって、脚を開き、淫《みだ》らな姿で自ら腰を揺らす。髪先が跳ね、胸を揺らし、首をのけぞらせて快楽を味わう。

それがとてもいやらしくて綺麗だと思う。

「やっ……ゆう、と、おっきい」

「美琴が俺のを大きくするんだ」

「あ、でもっ、だって、いいっ……気持ちいいよっ」

「俺も、すごくいい。美琴、もっと乱れて」

ふるりと膨らんだ粒をそっと指の間で挟むと、少しきつめにしごく。

「ああっ……！」

美琴の下半身に力が入る。強く締めつける彼女の中で、優斗は自身を無理やり動かした。彼女の中からあふれる蜜が、潤滑剤となってすべりをよくする。どこまでも男を受け入れようと口を開き、やわらかく包み、受け止めるべくぎゅっと絞る。

倒れそうになる体を両腕で抱きしめて、優斗は美琴が達する様子を見守った。自分はすでに二度出したこともあって、なんとか耐える。

震える彼女の体から力が抜けるのを待つと、優斗は美琴をうつぶせにした。

「やぁ、優斗っ、イったばっかりだから」

「ああ、わかっている」

「だめっ……激しいのは、ああっ」

美琴の中は再び強くうねって、入ってきた優斗を締めつけた。ぎりぎりまで腰を引けば、すがりつくように内側がまとわりつく。同時に蜜が、とろりと零れる。

背後からはなにもかもが丸見えだ。

昔から、美琴は激しく達したあとで背後から突かれると乱れてくれる。

頭の片隅では手加減しなければと思うのに、それはすぐに消え去ってしまった。

今度いつこんな風に彼女を腕の中に抱けるかわからない。

失った時の焦燥も重なって、優斗はどうしても美琴を離すことができなかった。

ずっと繋《つな》がっていたい。彼女の中にいたい。欲だけがどんどん膨らんで際限がなくなる。

「あっ……はっ、あんっ、ああっ」

「美琴、美琴！」

言葉が出なくなった美琴に、優斗は激しく腰を打ち付けた。

綺麗な背中が幾度《いくど》もしなる。優斗の律動に合わせるように腰が揺れる。

激しさに逃げる腰を掴《つか》むと、優斗はさらに奥を攻めた。

「あ、あっ……ひゃあっ」

「美琴！　出るっ」

美琴の嬌声が響き、再度達するのに合わせて、優斗は堪《こら》えきれずに欲望を吐き出した。

美琴の背中に覆いかぶさり、潰さないように抱きしめる。

腕の中でびくびく震えるのがかわいくて、快楽の涙で染まった彼女に口づけた。

「ゆう、と……もう」

「ああ、わかっている。ごめん、無理させて」

強引なことをしている自覚はある。けれどどうしても抑えられない。

彼女が拒まないのをいいことに甘えている自分が嫌だとも思う。

「優斗、好き」

優斗の衝動の理由をわかっているかのように、受け入れているのだと示すように、美琴は淡くほほ笑んで告げる。

泣きたくなった。

これから先も、何度となく後悔に苛《さいな》まれる時はあるだろう。

卒業式の日に指輪を贈って、仕事の帰りに待ち合わせをしてごはんを食べる。

同じベッドで寝て、慣れない新生活を手探りで過ごす。

美琴の具合が悪くなって、心配でたまらなくなったある日、不安そうに彼女が告げるのだ。

妊娠したのだと。

優斗はきっと喜んで結婚しようと言っただろう。

検診に付き添って、これが赤ちゃんなんだって、と言う美琴と写真を見る。心臓の音を聞いたら感動で泣いたかもしれない。

大きくなっていくお腹を愛しく思いながらも、彼女一人が負担を抱えるようで心配したはずだ。

そして……生まれたばかりの真を抱く。

優斗は失った夢を惜しく思いながらも美琴の中から出て、避妊具を片付ける。

そして、動けずにソファの上でうつぶせになったままの美琴を抱き上げた。

彼女の蜜がとろりと脚の間を流れる。

そっと白いお腹に手を添えると、その上に美琴の手も重なった。

美琴の目は、快楽だけではない涙がうっすらと浮かぶ。優斗の視界もぼやける。

(……今夜だけ。今夜だけだ)

二人の視線が絡んだ。

彼女のお腹の上に手をのせていると規則的な脈動が伝わる。

お互いがなにを思っているのか、なにを悔《く》いているのかも――

「優斗……」

謝りかけた美琴の口をキスで塞ぐ。

優斗の意図がわかったのか、美琴はそれ以上なにも言わずにくたりと優斗にもたれた。重なる彼女の左手の薬指には約束の証《あかし》。

すれ違ってきた年月を、取り戻せない過去を悔《く》いるのは、今夜が最後。

裸のままセックスの余韻に浸《ひた》りながら、二人はそれぞれ過去に思いを馳せて少しの間まどろんだ。

＊＊＊

翌日、美琴は貴之の計らいでシフトが変更されていた。

優斗も仕事をなんとか調整して、午前中だけは休みを確保してくれた。

真は朝起きてからずっと優斗と美琴に甘えて、おしゃべりをして、抱っこをねだってと年相応に無邪気だった。優斗もそんな真を受け入れ、かわいがっている。

昨日初めて会ったとは思えない親密さに、血の繋《つな》がりがすべてではなくとも、大きな影響があるのだと感じた。

『あー、ママ、これなに!?　指輪だ!!　キラキラ綺麗』

「あ、え、と」

美琴の指についているものを目ざとく見つけて、真は興味津々で眺めている。

美琴はこの指輪の説明を真にどうするべきか悩んだ。

この場合、やはり息子にも優斗との結婚の許可を得たほうがいいのだろうか。

『真、これはパパがママにプレゼントしたんだ。ママに、パパと結婚してくださいってお願いして、OKしてもらった証《あかし》なんだよ』

『え!? だめだよ！ ママは僕と結婚するんだよ！ いくら僕のパパでもそれはだめー』

真が大きな声で反対する。美琴はちょっとだけ嬉しかった。

『真とママは親子だから結婚できない。それは法律で決まっている』

なぜか優斗は子ども相手に冷静な台詞《せりふ》を吐いた。表情はにこやかだが、目は笑っていない気がする。

『NO！』

真は珍しく駄々をこねるように言った。それからしばらく二人は、美琴との結婚を巡って言い争いをしていたが、美琴が身支度を整えている間には和解したようだった。

日本に滞在中は、美琴の両親が真を観光に連れて行ってくれると言っていた。そこで日本がどんな国なのか、少しでも真に見せたいらしい。今日、早速両親と外で落ち合って出かける予定だ。

その待ち合わせの場所まで、三人で一緒に向かうことにした。

優斗はタクシーに乗っていくことを提案したけれど、真は電車に乗りたがった。

『おーかっこいい。漢字とひらがなとカタカナの組み合せが面白い』

真は街中にあふれる標識や看板の文章が気に入ったらしい。

自宅には日本語の絵本もあるが、基本ひらがなばかりが書いてある。中国語を学ぶ時は漢字だけだ。

だからか、ひらがな、カタカナ、漢字といったいくつもの文字がひとつの文に混ざり合っているのが新鮮だったようだ。

美琴にとってはごく当たり前の景色が、初めて日本を訪れた子どもの目には違って見えるのだと、気づかされる。

同時に、日本的なものを必要最低限しか与えてこなかったことを、またひとつ反省した。

真はずっと優斗に抱っこされている。よほどお気に入りなのか、サングラスをかけっぱなしだ。サングラスをかけた幼子とイケメンで若いパパ風の優斗の組み合わせは、電車の中でもかなり目立っている。その上、二人の会話は英語だからなおさらだ。

「あれ、親子なの？　若いパパね」

「日本人だよね？　でも英語で話しているっぽいけど」

周囲のコメントはこのふたつが主だ。

美琴は時々日本語で話しかけるものの、真は理解はしていても英語で返してしまう。離れた数か月の影響は大きいようだ。

テレビ電話ででもつい英語でやりとりしていたせいもあるだろう。

「美琴は日本語を教えたいのか？」

美琴と真のやりとりを見て、優斗が聞いてきた。

「そういうわけではないけど……うちの両親とも英語で会話をするから、日本語を話すのは私だけだから、忘れてほしくはないというか」

「まあ、でも俺と美琴が日本語で会話しているから、いずれ覚えそうだけど。あーでも俺たちも英語にしたほうがいいのか？」

そう、それも多分目立っている要因だ。

優斗と美琴は日本語で会話をするのに、それぞれ子どもと話す時は英語を使っている。

きっとちょっと不思議な家族に見られているに違いない。

『パパ、あれなに？』

『ああ、あれは――』

目にしたものについて質問する真に、優斗は優しく説明する。

優斗には義父の海外転勤の話も伝えた。

義父の考えには優斗も賛成らしく、真が望む場所に自身の拠点を移すことも可能だと言ってくれた。

ただ優斗としては、実家の件があるためしばらくの間は日本に住むのは避けたいようだ。

『真はアメリカに興味はないのか？』

『おー、アメリカ。いいね』

本当にわかっているのだろうか。

真は時々、サングラスをかけているお気に入りのキャラクターを真似た言葉遣いをする。だからやけに大人びた台詞《せりふ》を使うことがあった。

『真には選択肢がいっぱいあるな。今住んでいる国でもいいし、おじいさんの行き先のヨーロッパでもいいし、アメリカでもいい。日本も悪くはないが』

『でも、ケンタが言っていた。日本の小学校は大変だって。ケンタのお兄ちゃんは、こっちのほうがいいって。机にずっと座って、先生の話を聞くだけの勉強はつまらないんだって』

どうやら幼稚園には日本から来ている子がいるのだろう。子どもなりに情報交換をしているのか。

いつの間にかどんどん成長していて、美琴は少ししんみりする。

優斗はなぜかアメリカの教育を、真にプレゼンしていた。もしかしたらこの先はアメリカに住むことになるかもしれない。

日本に戻ることはないと思っていた。

真の存在を優斗に告げることはないと思っていた。

いや、優斗との再会さえも想像していなかった。

自分が選んできた道ではあるものの、三人で過ごせたはずの時間はもう戻らない。

けれどこれから先の未来は、一緒に歩いて行くことができる。

『ママ』

「美琴」

駅に着くと、ぼんやりしていた美琴に二人が同時に声をかけてくる。

美琴は慌てて電車を降りた。

そして真を真ん中にして、三人で歩く。
地面を踏みしめて、新たな一歩を三人で踏み出す。
もう一度あなたと恋をして、これから先の未来を支え合って歩いて行くために。

この作品に対する皆様のご意見・ご感想をお待ちしております。

おハガキ・お手紙は以下の宛先にお送りください。

【宛先】

〒150-6019 東京都渋谷区恵比寿 4-20-3 恵比寿ｶﾞｰﾃﾞﾝﾌﾟﾚｲｽﾀﾜｰ 19F
（株）アルファポリス　書籍感想係

メールフォームでのご意見・ご感想は右のＱＲコードから、
あるいは以下のワードで検索をかけてください。

アルファポリス　書籍の感想　検索

ご感想はこちらから

エリート社長《しゃちょう》の一途《いちず》な求愛《きゅうあい》から逃《のが》れられません

流月るる（るづき るる）

2024年 12月 25日初版発行

編集－羽藤 瞳・大木 瞳
編集長－倉持真理
発行者－梶本雄介
発行所－株式会社アルファポリス
〒150-6019 東京都渋谷区恵比寿4-20-3 恵比寿ｶﾞｰﾃﾞﾝﾌﾟﾚｲｽﾀﾜｰ19F
TEL 03-6277-1601（営業） 03-6277-1602（編集）
URL https://www.alphapolis.co.jp/
発売元－株式会社星雲社（共同出版社・流通責任出版社）
〒112-0005 東京都文京区水道1-3-30
TEL 03-3868-3275
装丁イラスト－三廼
装丁デザイン－ナルティス（井上愛理）
（レーベルフォーマットデザイン－hive&co.,ltd.）
印刷－中央精版印刷株式会社

価格はカバーに表示されてあります。

落丁乱丁の場合はアルファポリスまでご連絡ください。

送料は小社負担でお取り替えします。


ISBN978-4-434-34994-2 C0093